元型物語

リュウと魔法の王国

久坂 七夕

出版館ブック・クラブ

I dedicate this book to my family who loved the story, to my friends and teacher, to the 14 year old version of myself, and to Rina who was the first person to not laugh at my dreams.

The warrior, lover, magician, king, and queen will always be with you and pray for your happiness.

And to Amen and Vasilisa—you whom I have loved a thousand times—goodbye.

"An acknowledgment for good."

The Elements of Arche Telos

LEGACY

元型物語とは
歴史上の偉大な魔法使いたちが
隠し続けてきた秘密である

元型物語とは
世界のすべてを理解し
望むすべてを手に入れられる魔法である

元型物語とは
鉛を金に進化させる錬金術である

人は変わる
人は変われる

この物語は
一人の人間によって人間界に持ち出された
魔法使いの「禁書」である

そして、この物語は「愛」の物語である

元型物語
リュウと魔法の王国

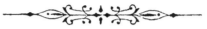

目　次

元型物語

リュウと魔法の王国

―― 登場人物 ――

アルカイク魔法学院

リュウ（瀬田龍之介《せたりゅうのすけ》）
主人公。両親がいない十歳《さい》の人間。「奇数《きすう》の王様」の生まれ変わりで、特技はケンカ。

ワット・ヘレネス
リュウの「魔法使いの寮《マジシャンズ・ルーク》」でのルームメイト。大家族で育った直情型の少年。背が高い。

ヒースクリフ・バスチアン・リガー
王国一古い家系の子孫。冷静沈着で冗談《じょうだん》好き。学院一の美形で銀髪《ぎんぱつ》。癒《いや》しの魔法《まほう》が得意。

レオニダス・N・マズダー
もう一人の生まれ変わり。リュウのライバル。王国の暗殺一家に生まれた、火の魔法の達人。

アイリーン・N・マズダー
黒髪《くろかみ》と赤い瞳《ひとみ》の美少女。レオニダスの双子《ふたご》の妹。兄と違って愛嬌《あいきょう》があり、学院の人気者。

ピント・D・オイディプス
リュウを元型王国へ連れてきた、元型の伝令役ナンバーワンの役職。シャーロックの学友。

ジゼル・タッシェン
リュウと元型をつなぐ伝令役。マーリン横丁に顔が広い、年齢不詳《ねんれいふしょう》のお調子者。

ガス・ザッカーバーグ
「戦士の寮《ウォーリアーズ・ルーク》」寮長。ヴェイコーグ・パラケルススのプロ選手候補。

セージ・オフィシナリブリス
「恋人の寮《ラヴァーズ・ルーク》」寮長。ガスと同じくリュウを自寮にスカウトする。金髪《きんぱつ》美形で女生徒に人気。

キ・エルド・マグラ
「魔法使いの寮」寮長。他寮長二人に強烈《きょうれつ》なライバル心を燃やす。運動神経抜群《ばつぐん》の三枚目。

ブルー・アブソリュート
「魔法使いの寮」寮母。王国でのリュウの世話役。

八人の元型

シン・ランスロット（戦士・男）
王国最強の男。リュウの後見で最大の理解者。

ニライカナイ・ケルト（戦士・女）
鎧《よろい》をまとい、感情を表にださない女戦士。

キュア・キーン・リガー（恋人・男）
先の大戦の功労者。長い銀ヒゲの老人。

ローゼリア・キャロル（恋人・女）
金髪《きんぱつ》の美少女。シャーロックのことが大嫌い。

シャーロック・スクルージ（魔法使い・男）
陰湿《いんしつ》な魔法使い。【影】とつながりが……？

ボルヴァ・テンプル（魔法使い・女）
王国のあらゆる魔法薬に精通している。

王　様（偶数の王様）
大戦の英雄《えいゆう》。王国中の尊敬を集める統治者。

女王様
命をかけて【影】の封印《ふういん》を身に享《う》ける。

その他

下谷《しもたに》老人
仙酔島《せんすいじま》の神主。リュウの育ての親。少し天然。

下谷マユミ
下谷老人の孫。リュウの幼なじみの女の子。

イド・マーリン・ブロンテ（イド師範）
王国最強の魔法使い。甘味《かんみ》を愛する謎《なぞ》の老女。

ペタニー・ポルティモアレ
新聞にゴシップ記事を掲載《けいさい》する売れない詩人。

ドラゴ
伝説のドラゴンの孤児《みなしご》。リュウを恩人と慕《した》う。

奇数の王様
先の大戦で【影】に敗れた時、「東の国で生まれ変わる」と予言を残す。

【影《シャッテン》】
元型王国と何千年も戦いをくりかえしてきた王国最大の敵。生と死の世界の統一を謀《はか》る。

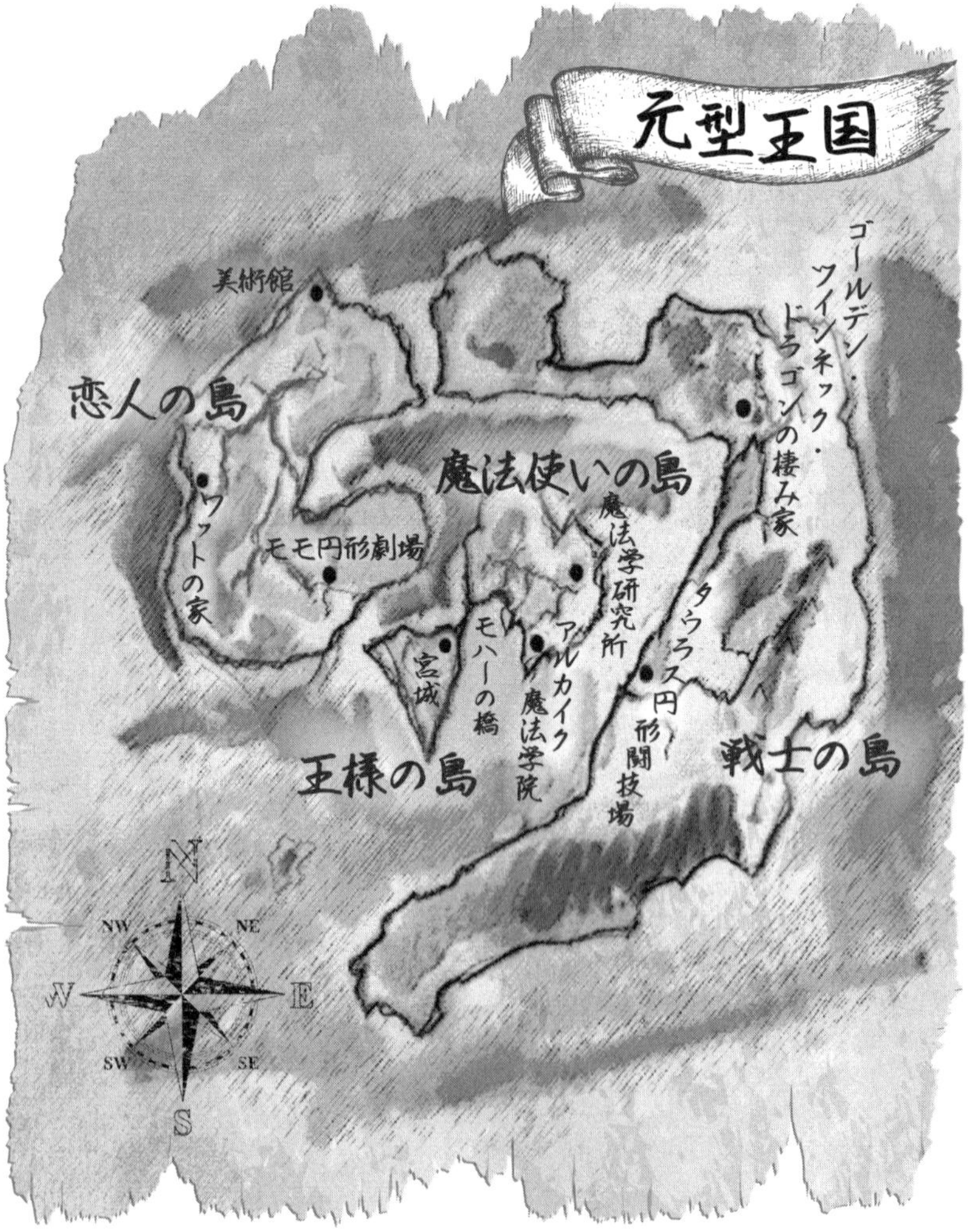
元型王国
ゴールデン・ワインネック・ドラゴンの棲み家
美術館
恋人の島
ワットの家
モモ円形劇場
魔法使いの島
魔法学研究所
宮城
モハーの橋
アルカイク魔法学院
タウラス円形闘技場
王様の島
戦士の島
N
NW
NE
W
E
SW
SE
S

プローグ

――秘密を伝えなくてはならない――

雨が降っていた。炎《ほのお》のように波打つ城の東の断崖《だんがい》を、風が容赦《ようしゃ》なく切って走った。

――この中にいる裏切り者に知られぬよう、それを伝える方法を探さなくては……――

雨は激しくなる一方だった。遠く雷鳴《らいめい》も聞こえた。深夜の雷雨《らいう》はなにかをうったえるかのように、王様の寝所《しんじょ》の窓ガラスを横殴《よこなぐ》りにたたいた。室内に吹きこんだ風に、ジジッと音をたてて燃えたロウソクの火が、死出の旅に旅立つ王様と、すすり泣く家臣たちの横顔を照らした。

「王様、予言をお願いいたします」

枕元の魔法使いが感情のない声で王様にたずねた。ついに自分の命の火が消える時をさとった王様が、最期《さいご》の力をふりしぼって空《くう》を指さした。

「……次に生まれる時は、【影《かげ》】の支配がおよばない国で生まれることに決めました」

王様の遺言にどよめく家臣たち。

体格のよい戦士が、場にふさわしくない大きな声で王様にたずねた。

「王様、その国とはいったい……？」

「それを教えては楽しみが……、いいえ、あなたたちの仕事がなくなってしまうではありませんか」

王様が優しくほほえんだ。

「こんな時にまで、そんなご冗談《じょうだん》を……」

その笑顔を見た恋人《こいびと》は、王様が引き起こした数々の騒動《そうどう》を思いだし、王様にすがりついて大きな声で泣いた。

「あなた方が私を見つけてくれる、そう遠くない日を心待ちにしています。再会の日まで、すこし居眠りでもしています。……ありがとう、ございま、し……」

やせ細った王様の右腕《みぎうで》がパタリと落ちた。

「王様ぁ――!!」

家臣たちの悲鳴と足音が、寝室《しんしつ》の丸天井にこだました。

枕元から立ちあがった魔法使いは、雷鳴とどろく窓の外の夜空を見あげ、王様が指さした方向を遠く見つめた。

「東……」

物語はここから始まる。

第1章

生まれ変わりを探せ

鳶《とび》が鳴いている高く晴れた空の下に仙酔島《せんすいじま》はあった。右手に弁天島《べんてんじま》、左手に皇后島《こうごうじま》をのぞむ小さな島には、美しい海と、世界でもめずらしい巨大な五色《ごしき》の岩があった。

太陽が西の空をうっすら朱《あか》く染め始めたころ、島ではめずらしい金髪《きんぱつ》の男が漁港に現れた。春先の気候にふさわしくない厚手のローブを着たその男が、島の若者に声をかけた。

「仕事中に失礼。この島のリュウという少年に会いたいのだが……」

手に網《あみ》を持った無精《ぶしょう》ヒゲの若者が、聞かれたことには答えず、男にたずねかえした。

「あんた、警察の人？」

「は？」

面くらった男の表情に満足した島の若者が、ククク と意地悪く笑った。

「なんだ、あの悪魔《あくま》を逮捕《たいほ》しにきたんじゃないのか」

悪魔とか逮捕とか、思いがけない言葉に金髪の男は眉《まゆ》をひそめた。期待通りの反応に気をよくした若者は、聞かれてもいないことまで得意げに男に話し始めた。

「ああ。さっきもケンカで負かされた本土の中学生たちが、あいつに土下座して財布を渡しているのを見たぜ。あいつは年上だろうが集団だろうが関係ない。一方的に相手をたたきのめして、自分には指一本ふれさせないケンカの達人《プロ》さ。どう見たって普通《ふつう》の十歳《さい》のガキじゃないから『悪魔』ってな。あいつが騒ぎを起こすたび、マユミのじいさんがあやまりにきてくれるけど、外人さんよ、悪いことはいわないから、あいつにはかかわらないほうがいいぜ」

「……しかし、こちらにも事情がある」

若者は「せっかく忠告してやったのに」と肩《かた》をゆすって、道の先をアゴでしゃくった。

「この時間なら五色岩《ごしきいわ》で昼寝《ひるね》してるんじゃねえかな？　海岸線にそって歩けばすぐつくよ」

男は若者に教えられた場所に足を運んだが、「彼」の姿はそこになかった。

親を亡くし、一人けなげに生きているという「王国」の情報は間違っていたのだろうか？

男は腹だちまぎれに五色岩を蹴《け》飛ばすと、その場をあとにした。


その夜、男は大弥山《おおみせん》頂上の客間に通された。緑色のローブをぬいだ男は、夜に鳴く鳥の声を聞きながら丸窓を見あげて「こちらの世界でも数は同じか……」と、月の数を数えた。

島でただ一人の神主である下谷《しもたに》老人は、孫のマユミに茶を運ばせたあと、

「さめないうちにどうぞ」

と、笑顔で緑茶をすすめた。見慣れない色の液体に顔をしかめた男は、下谷老人にむきなおってたずねた。

「下谷様」

「はい」

「話が違うように思いますが？」

「と、おっしゃいますと？」

「王様はじめ、元型《げんけい》のご一同様は、彼をけなげなすばらしい少年とおっしゃいました」

「まさに」

音をたてて茶をすする老人に、男は感情を押し殺した声でいった。

「……彼はこの島の住民に悪魔とよばれているそうですね。ある島民は畑泥棒《どろぼう》といい、ある者は魚泥棒ともよんでいました。どんなことをしてもつかまらない、すばしっこいヤツだと」

「そうなのです！　島の新鮮《しんせん》な野菜と魚のおかげで、彼はとても健康に育ちました」

笑顔で話をはぐらかす老人に、男はカッとなって立ちあがった。

「あんたはこの十年間、彼の親代わりとして王国から十分な情報も報酬《ほうしゅう》ももらっていたはずだ！　それなのになんだこのザマは！　少しは責任を感じたらどうだ!?」

その衝撃《しょうげき》で、手つかずだった男の茶器が板間に転がった。下谷老人はこぼれた茶を気にとめるでもなく、おだやかな表情のまま話をつづけた。

「ご使者の方。ええとピント様でしたかな？　ピント様は、島の大人にしか話を聞かなかったご様子」

「なに？」

下谷老人の言葉に、ピントとよばれた使者がうろたえた。自分の指摘《してき》が的を得ているのを確信した下谷老人は、子どもに話すように優しく使者を諭《さと》した。

「時に、子どもの方が真実を見る目を持っています。そしてなにより、あなた自身の目で彼を見てください。彼が悪魔なのか王様なのか、その上で王国に報告なさってはいかがですか？今日はもうおそいから畳《たたみ》の部屋にご案内しましょう。そちらの世界にはないでしょうから……」


翌朝、春の鳥のさえずりがピントの耳をくすぐった。神社の客間でピントが目をさました時には、陽はすでに高くなっていた。客間の障子《しょうじ》に、境内《けいだい》で遊ぶ子どもたちの影が映りこんだ。

「証言者」を探す手間がはぶけたとばかりに、ピントは「リュウという少年について聞きたいのだが……」と、前置きなく子どもたちにたずねた。突然《とつぜん》の外国人の登場におどろいた子どもたちは、たがいの顔を見あわせて、おずおずと男に確認した。

「リュウって、……あの乱暴者の悪魔のこと？」

「……あの、人間風情《ふぜい》のジジイ……っ！」

だまされたと知ったピントは、怒《いか》りで顔を真っ赤にし、下谷老人を追って山をかけ降りた。

桃色《もも》のつぼみが彩《いろど》りをそえる山の木々の間を、下谷老人は歩きまわっていた。学校は春休みだった。寝る時だけは神社にもどってくるが、休日の昼間に「彼」に会おうと思ったら、島をくまなく探す必要があった。下谷老人が畳の部屋に睡眠薬《すいみんやく》を焚《た》いたのも、使者より早く本人に会うためだった。時はきた。今こそ彼に「あのこと」を伝える時が――。

春とはいえ十分に高い太陽が、容赦なく老人のうすい頭を照りつけた。ヒタイの汗をぬぐい、息を切らせて渡船《とせん》乗り場へやってきた下谷老人が目にしたのは、ケンカの戦利品らしき長財布を海へ投げ捨てる黒髪《くろかみ》の少年の姿だった。パーカーのポケットに現金をねじこんだ少年の右手には、大きなヤケドの痕《あと》があった。

「リュウ！」

少年をよびとめた下谷老人は、少年の返事も待たず、唐突《とうとつ》につげた。

「お別れの時がきました」

渡船の汽笛《きてき》が遠くに聞こえ、浜風が少しだけ二人の温度をやわらげた。下谷老人はふりかえった少年のすわった目に臆《おく》せず話し始めた。

「以前から伝えていましたね？　あなたには『迎え』がくると。今、その時がきました。しかし、私はあなたにすべてを話していたわけではありません」

リュウとよばれた少年は「またその話かよ」と、つまらなそうに横をむいて「チッ」と吐《は》き捨てた。親なしとさげすむ大人たち、子どもだましのジジイの作り話。もうたくさんだというように、リュウは砂を蹴ってその場からかけだした。

「待ちなさいリュウ！　まだ話は終わっていません!!」

リュウをよびとめる老人の声は、仙酔島の波間に消えた。

勉強はさっぱりだが、ケンカと足腰の強さでは島一番のリュウだった。

自分の心のモヤモヤをふりはらうかのように、大岩に渡された龍神橋《りゅうじんばし》をくぐったリュウは、足場の悪い海岸線を五色岩まで一気にかけぬけた。

「……ったくジジイのヤツ。毎回毎回あきもせず、同じホラ話をくりかえしやがって……」

下谷老人をまいたと確信してうしろをふりかえったリュウは、目の前の光景に腰をぬかすほどおどろいた。今までだれもいなかったはずの海岸線に、どこから現れたのか、頭から緑色のローブをかぶった異形《いぎょう》の三人が立っていた。

ジジリジリと後ずさったリュウに、フードをとった金髪の男がハアハアと荒《あら》い息でいった。

「やっと、見つけた……！　あの老いぼれめ、ふざけたマネしやがっ……」

男の言葉が終わる前に、リュウは目にもとまらぬ速さで男を殴《なぐ》り飛ばした。男はバシャーンと大きな水しぶきをあげ、真っ逆さまに海へ落ちた。幸い干潮だった浅瀬はおぼれるほどの深さではなかったが、なにやらわめいて立ちあがったずぶぬれの男を、リュウは飛びヒザ蹴りで再び海の中へつき落とした。

「やめ……！」

仲間の悲鳴を無視し、ローブのそでで口元を隠した二人がささやきあった。

「おしい。あのスピードと『能力』があったら、オレの後継《こうけい》として最高なのに。彼は戦士ではないのですか？」

「いえいえ。お気持ちはわかりますが、彼はれっきとした王様です。ですから我々は、こんな東の果てまでやってきたのです。まあ、それも試験の結果次第ですがね」

「ほらよ、持って帰れ」

自身もずぶぬれになったリュウが、二人の足元に鼻血まみれの男を放り投げた。仲間をこんな目にあわされたにもかかわらず、なにもいわない二人をいぶかしがるリュウに、

「ここでは人目につく。場所を変えないか？」

そう提案した背の高い方が、ローブの左胸に手を入れた。リュウはとっさに身がまえたが、彼が胸ポケットからとりだしたのは、武器ではなく黒い万年筆だった。

「ブルジュハリファ」

と、呪文《じゅもん》のような外国語が男の口からでた途端《とたん》、リュウの体は魔法《まほう》にかけられたように空へ浮いた。

「な、なんだよこれ……？」

四人は五色岩の上空から、ようやく追いついた下谷老人のうすい頭を見おろしていた。リュウを憎悪《ぞうお》の目でにらむ男のケガも治っていて、二人のずぶぬれの服もすっかりかわいていた。

「で、あんたらの用件を聞こうか」

空の上にどっしりとあぐらをかいて、たいしておどろいていない様子のリュウが、このおかしな状況の説明をもとめた。

「こ……この……！　シン様にむかって、なんて口の利き方だ！」

突然理由もなく殴られた男が、鬼《おに》の形相《ぎょうそう》でリュウの胸ぐらをつかんだ。

「てめコラ、まだやられたりねえのか？　この高さからぶち落とすぞ」

「やめろ二人とも。それにしてもこの状況でその落ちつき、ますます気に入った」

シン様とよばれた男が、いがみあう二人を制しながら左胸に万年筆をしまった。ローブの下の鍛《きた》えあげられた彼の二の腕と鎖骨《さこつ》を見たリュウは、かなわないことは百も承知で軽口をたたいた。

「そりゃどーも。オレもあんたのこと気に入ったよ。せっかくだから、あんたとやってみてえな。すげえケンカ強そうだし」

「それは光栄なことだ」

と、シンはリュウの挑発《ちょうはつ》をサラリとかわしていった。

「我々は、魔法の王国からやってきた」

リュウは少しだけおどろいた表情《かお》をしたが、すぐにニヤリと笑っていいかえした。

「おもしれえ、聞かせろよ」

雲一つないすみきった仙酔島の空の上で、シンは自分たちがどこからやってきたのか、そして何者なのかを語り始めた。


「我々は、元型王国《アルカディア》とよばれる世界からやってきた。アルカディアは気候も食べ物も人間界と特に変わらないが、大きな違いが三つある。

一つ目は、『元型《げんけい》』とよばれる者たちで政治が行われること。二つ目は、元型の頂点である王様は、代々生まれ変わりで選ばれること。三つ目は、だれでも魔法が使えるということだ。

オレの名前はシン・ランスロット、王様に仕える『戦士』だ。こちらのキュア・キーン・リガー様も、同じく王様に仕える『魔法使い』であらせられる」

魔法使いと紹介《しょうかい》された最後の一人が、弱々しい手つきでローブのフードをとってリュウに顔を見せた。シワだらけの皮膚《ひふ》と銀色の長いヒゲ、緑のローブからのぞく大きなコブのついた木の杖《つえ》は、おとぎ話の魔法使いの老人そのものだった。

「お前ごときが姿を拝むのははばかられるほど、高貴な身分の方々だ」

「ピント、口をはさむな」

ピントとよばれた男は、おもしろくなさそうにリュウから顔をそむけた。身分の高いシンとリガーが、たかが人間のリュウに礼をつくしているのが不満の様子だった。

「で、魔法の国って？」

リュウの質問に、シンは話をもどした。

「お前たちの知っているそのままだ。空も飛べるし、呪文一つでありとあらゆることができる。不思議な生き物もたくさんいるし、毒も薬も作れる。人の心を読むことだってできる」

思わず口の端《はし》をゆがめたリュウだったが、知らん顔をして質問をつづけた。

「生まれ変わりってのは？」

リュウの問いに、シンの表情が少しだけ曇《くも》った。

「その前に、少しだけ王国の説明をさせてもらってもいいかな？——我々の王国は数千年前、一人の英雄によって建国された。彼の死後、息子が王国を継《つ》いだが、ある時、初代の王様の記《き》憶《おく》を持つという少年が宮城《きゅうじょう》へやってきた」

「きゅうじょう？」

「王様の居城のことだ。宮城に現れた少年は、初代の王様が亡くなった時の様子や、初代の王様しか知らないことを克明《こくめい》に話し、三代目の王様と認められた。しかし二代目の王様も亡くなったあと、今度は『二代目の生まれ変わり』という赤ん坊が現れた」

シンは懐《ふところ》から羊皮紙《ようひし》をとりだすと、万年筆でサラサラと次のように書いた。

①初代の王様…死亡
②二代目の王様…初代の王様の息子、死亡
③三代目の王様…初代の王様の生まれ変わりとして認められる
④四代目の王様…

「だけど三代目の王様は『二代目の生まれ変わり』を認めなかった？」

シンの万年筆の動きがとまった。シンはリュウの推理力に舌をまいたが、表情にはださず冷静に話をつづけた。

「偉大《いだい》な王様だったが、同時に親でもあったらしい。実の息子を四代目にしたかったんだろうな。しかし息子は無能で、魔法もろくに使えなかった。そんな時に大事件が起きた」

「大事件？」

リュウの疑問に、緑の置き物のように静かだったリガーが、おもむろにつづきを話しだした。

「『初代の王様』を殺した者が復活したのです。三代目は戦いましたが斃《たお》れ、無能な息子は王国を見捨てて逃げだしました。その時に敵を封印《ふういん》したのが……」

「その『二代目の生まれ変わり』っていう、赤ん坊だったわけか」

羊皮紙の「④」を指さしたリュウに、シンは無言でうなずいた。

「以来王国は予言にもとづいて、初代、三代目の記憶を持つ生まれ変わりを『奇数《きすう》の王様』、二代目、四代目の記憶を持つ生まれ変わりを『偶数《ぐうすう》の王様』とよんで、交互《こうご》に王様とする法律を定めた」

そういうと、シンは羊皮紙の余白につづきを書いた。

奇数の王様　①初　代　③三代目　⑤五代目　⑦七代目　⑨九代目　……
偶数の王様　②二代目　④四代目　⑥六代目　⑧八代目　⑩十代目　……

「先代の奇数の王様は十三年前の大戦でお亡くなりになり、現在在位されているのは偶数の王様だ」

そういってシンは新しい羊皮紙をとりだすと、ひときわ大きな文字で書いた。

元型

「げんけい……」

先ほどから耳にしていた言葉だったが、初めて文字でそれを目にしたリュウは、シンの書いた字をしげしげと見つめた。

「本物の生まれ変わりかどうかを判定をする役目、それが元型だ。なんせ偽物《にせもの》もたくさん現われるからな。文字通り王様になれるのだから」

シンの言葉に、ニセ王様にされた子どももたくさんいただろうと、リュウは見ず知らずの魔法の国の子どもたちに同情した。しかし、両親の顔も知らない自分の立場を思いだしたリュウは、自分の感情をごまかすようにバリバリと頭をかいた。

「元型はさらに、戦士、恋人、魔法使いにわかれる」

「恋人？」

聞き慣れない単語に、頭をかくリュウの右手がとまった。リュウの無知を嘲《あざけ》るように笑うピントを、シンがジロリと横目で制した。

「すまん、オレの説明がたりなかった。『戦士』は王国を守る役割、『恋人』は異世界とつながる役割、『魔法使い』は教育の管理をする役割といえばわかるか？」

「つまりあんたらは、その王国とやらの軍隊長と教育委員長ってところか？」

「そうだ。飲みこみが早くて助かるよ」

シンが、屈託《くったく》のない子どものような笑顔をリュウにむけた。

「で、そんな魔法の国のお偉《えら》いさんたちが、オレになんの用？」

リュウの問いに、今まで雲一つなかった空が急にかげりだした。まるで、これからのリュウの運命を暗示するかのように。


どこからだしたのか、ピントが漆《うるし》塗《ぬ》りの黒い飾《かざ》り机《づくえ》を四つ用意した。ピントは一つの飾り机にそれぞれ二つずつ、合計八つの宝物《ほうもつ》をならべた。そして、うさんくさいほどうやうやしい言葉遣《づか》いでルールを説明した。

「ここに、奇数の王様が生前使っていらした四種類の宝物と、そっくりに作らせた偽物をご用意させていただきました。それぞれの机には、本物と偽物が一つずつならんでいます。どうぞ、本物と思う宝物をお手におとりください」

思いもよらなかった展開に、リュウは無理やり笑おうと努力した。しかしその笑顔は、カエルが片ほおを引っぱりあげられたような、引きつり笑いにしかならなかった。

「……つまり、オレがその生まれ変わり候補ってわけかよ？」

「飲みこみが早くて助かるよ」

先ほどと同じセリフを吐《は》くシンの面《ツラ》をぶん殴ってやりたかったが、リュウはならべられた四種類の宝物から目をはなせなくなっていた。


第一の宝物は、豪華《ごうか》な金装飾《きんそうしょく》の剣《けん》だった。

「戦士の宝物です」

飾り机に左右にならべられた二本の剣。見た目はまったくそっくりだったが、リュウは迷わず右の剣を手にした。長年使いこんだ愛用の品であるかのように手になじむそれを、リュウは無言でリガーにさしだした。リガーは正解とも不正解ともいわず、「試験」は次にうつった。

「恋人の宝物です」

それは、これまた豪華な細工のほどこされた鏡だった。左右にならべられた二枚のそっくりな丸い鏡をリュウがのぞきこむと、左の鏡には十歳の少年の顔が映ったが、右の鏡には色の黒いシワだらけの顔が現れた。

「うわっ！」っと叫んでリュウが跳《と》びのくと、リガーはまたも無言で次の宝物を披露《ひろう》した。

「魔法使いの宝物です」

次は、美しい螺鈿《らでん》と宝石がキラキラ輝《かがや》く漆塗りの万年筆だった。二本の万年筆のうち、またも直感だけで右側の万年筆を選んだリュウだったが、さすがにこの展開に疑問をおぼえた。

――魔法の王国？　オレが王様の生まれ変わり？　そんなおとぎ話みたいな話があるかよ？

――でも王様になれば一生遊んで暮らせる？　今までみたいに「親なし」とバカにされずにすむ？――

無言のリュウから万年筆を受けとったリガーがつげた。

「最後の試験、王様の宝物です」

左右にならべられた二つの指輪は、今までの豪華な宝物に比べてひどくみすぼらしかった。

王様の指輪にしてはサイズも非常に小さく、指輪は二つとも黒くすすけていた。リュウはまず右の指輪を手にしたが、少し考えてからそれを飾り机にもどし、左の指輪を手にして暗い声でいった。

「……この指輪を無理やりはずすため、敵は私の右手を焼いた。これがその証拠《しょうこ》だ！」

リュウは右手のヤケド痕を三人につきつけた。

「まさか、本物の奇数の王様……!?」

ピントの認めたくないようなおどろきの声を無視して、リュウが声高《こわだか》に宣言した。

「これこそ間違いなく私の指輪である！……なーんてな。オレ、結構演技うまいだろ？」

「……は？」

間のぬけたピントの顔を見たリュウが、

「こいつ信じやがった！」

と、腹をかかえて大笑いした。

「はー、おっかしー！　バカじゃねえの？　お前」

正解の指輪を選んだことより、芝居《しばい》がうまくいったことに満足したリュウがピントを嘲った。

しかしシンとリガーの二人は、たがいの顔をのぞきこんで沈黙《ちんもく》していた。イライラしたリュウが、

「なんだよ。オレは正しい方を選んだんだろ？　その王国とやらにさっさとつれて行けよ！」

と、強い調子で催促《さいそく》した。沈黙をやぶったのは、ため息まじりのリガーの声だった。

「リュウ。あなたの選んだその指輪は、……偽物です」

「そんなわけねえよ！　だってこいつが……」

リュウがピントを指さして抗議《こうぎ》した。ピント自身も「意味がわからない」といった表情でとまどっている。もう一度深いため息をついたリガーが、二人の疑問を同時に解決した。

「――こいつが心の中で思ったから――？　リュウ、あなたには見えるのですね。他人の心が。考えが。頭で思っていることのすべてが」

おどろいたピントが、リュウの顔を穴の開《あ》くほど見つめた。リュウは大きく手をふって、リガーの推理を強く否定した。

「……ち、違うって。なんとなくそうかなーって思っただけで、偶然《ぐうぜん》！　たまたまだって！」

「隠さなくても結構です。私とシンはあらかじめピントに『左の指輪が本物』とウソの正解を教えておきました。あなたは指輪を選ぶとき、ピントの心を読んで、直前で答えを変えたのです」

――よし、右の指輪をとった。左が正解とも知らないで。この偽物の人間《テロス》めが――

ピントの心の声が、滝のようにリュウに流れこんできた。

――オレの心を読んだ？　化け物、なんてこった、とまどい、羞恥《しゅうち》、嫌悪《けんお》……！――

ピントの反応は、この能力を知った今までの人間の反応と、まるっきり同じだった。

——読心能力——

リュウがケンカで負けないのも、盗《ぬす》みができるのも、この能力のおかげだった。何度か「能力」を疑われたこともあったが、面とむかっていい当てられたのは初めてだった。

しかしその能力のせいで、肝心《かんじん》の試験にしくじってしまったことは、とりかえしのつかない大失態だった。

——魔法の王国……王様の生まれ変わり……すべて失った——

リガーの失格宣告に、リュウは肩をすくめて負けおしみをいった。

「じゃあオレは、こいつの心を盗み見たカンニング、ってことで失格か。まあ退屈《たいくつ》しのぎにはなったけどよ」

自分の泣きそうな顔を見られたくなくて、リュウはクルリと三人に背をむけた。その孤独《こどく》な背中に、木の杖で体をささえたリガーが、意外な言葉をかけた。

「ピントは、王様の指輪が焼かれてはずされたことを知りません。それを知っていた私とシンは、自分の思考を相手に読ませない術《すべ》を体得しています」

手を頭のうしろに組んで、三人に背をむけたままのリュウの動きがとまった。完全に黒い雲に覆《おお》われた空を見あげたリガーは、銀のヒゲをさすりながら独り言のようにつぶやいた。

「サトリの魔法使い。人間界でもごくまれに、その能力を持った者が生まれるのですが、それが王様の生まれ変わりとは、なんとも奇妙《きみょう》なめぐりあわせ……。もう一度お伝えしましょう。あなたは『東で生まれ変わる』という予言通りに生まれた、亡くなった王様の記憶を持つ、正真正銘《しょうめい》『奇数の王様の生まれ変わり』なのです」

リガーの声に、残りの二人も空の上でヒザを折った。

「奇数の王様、再会をお待ちしておりました。ようこそ元型王国《アルカディア》へ」

リュウは自分の名前が大嫌《きら》いだった。

物心つく前から「タツノオトシゴ」とか「コドモドラゴン」と、両親のいないことを「竜《りゅう》」という生き物にかけて、からかわれていたからだ。それに空想上の生き物とはいえ、ヘビの親《しん》戚《せき》だと思うとやはり気持ちが悪かった。

魔法の王国への交通手段は、特急列車でも空飛ぶほうきでもおどろかないつもりだったが、雲をつらぬく金色《きんいろ》の双頭竜《そうとうりゅう》の出現に、リュウの胸は大きく高鳴った。

「すっげえ……！」

「このドラゴンをこういうことに使うのは禁止されているのだが、特別サービスだ」

竜の首をなでながら、シンがリュウにウインクをした。

その時、大きな金色の翼《つばさ》の下から赤ん坊の竜がヒョコっと顔をだした。まだ飛べないらしく、ヨチヨチあぶなっかしい足どりで、リュウの方へはいだしてきた。

「こいつ、王国からついてきたのか！」

ピントが首根っこを猫《ねこ》のようにつまみあげると、「それ」はこれまた猫のようにミーミー悲鳴をあげ、短い四肢《しし》をジタバタさせてピントの手から逃げようともがいた。

「ちょっと待てよ。そいつ、このドラゴンの子どもか？」

問われたピントではなく、シンが首を横にふった。

「この子の親は先の大戦で死んだ英雄だった。竜は親の影響《えいきょう》を強く受けて育つ生き物だから、みなしごドラゴンは長く生きられない。王国でゆっくりと死を待たせるつもりだったが……」

言葉がわかるらしく、首根っこをつかまれたちびっ子ドラゴンは、さらに大きくイヤイヤをして鳴きわめいた。

そのかわいらしさにほだされたリュウは「しょーがねえなあ」とつぶやくと、ピントの手からそれをうばい、自分の肩にヒョイとのせた。

「じゃあさ、こいつオレにくれよ？　親がいない者同士、仲よくやれそうじゃね？」

鳴きやんだドラゴンは、「命の恩人」の首筋に短いヒゲをこすりつけて甘えた。

「バカ、くすぐってえよ。じゃれつくなって！」

「え？　リュウはまだ帰ってきてないわよ？　あいつのことだから、心配しなくてもお腹がすいたら帰ってくるって。おじいちゃん心配性なんだから！」

昼食のしたくをしながらカラカラ笑う孫の声に、下谷老人はその場にガックリとヒザをついた。

「まだ、リュウにあのことを伝えていないのに……。なぜこんな急に……。まさか……」

「行くぞ！　ふり落とされないように、しっかりとつかまっていろ！」

シンのかけ声を合図に、双頭の竜は暗雲を吹き飛ばすように大きな翼をはばたかせ、大空高く舞《ま》いあがった。

いつの時代も、男の子の冒険心《ぼうけんしん》と、東の風には逆らえない。

奇妙な相棒を得たリュウは、金色の光にすいこまれるように「魔法の王国」へ旅立った。

第2章

私はあなたの魂を買った

「目を開けていいぞ」

シンの声に、リュウはおそるおそる目を開けた。そこは黄金《おうごん》に輝く雲海の中だった。

「ぬけるぞ！」

重力にグンと全身を引っぱられ、ゴオゴオ鳴る風と金色《こんじき》の光をぬけたリュウが、おどろきの声をもらした。

「……すっげえ……！」

リュウの眼下に、空が海を抱《いだ》いた壮大《そうだい》な青い景色が広がった。白雲《しらくも》が八重《やえ》に重なる彼方《かなた》までつづく広大な青は、藍《あい》や碧《あお》とも違う、透明《とうめい》の中から浮きだした深色《ふかいろ》の海だった。

「あの四つの島が元型王国、通称アルカディアだ」

リュウはドラゴンの背から身を乗りだして、シンの指さした青い景色をのぞきこんだ。はるか下方の海の中に、宝石のように輝く五つの島があった。

「あの一番大きな三日月型の島が戦士の島だ。王国を守る戦士たちの訓練場や、ヴェイコーグ・パラケルススの試合が開催《かいさい》されるタウラス闘技場《とうぎじょう》に、鍛治《かじ》職人の工房もたくさんある。アルケー以外に野生の幻獣《げんじゅう》たちもたくさん住んでいる、緑ゆたかな島だ」

シンは「テロス（人間）」に対しての「アルケー（王国住民）」というよび方も教えてくれた。

「戦士の島ってことは、あんたがあの島で一番偉いのか？」

強い風の音に負けじと大声でたずねるリュウに、シンは心の底から愉快《ゆかい》そうに笑って、

「偉いかどうかはわからないが、王様より統治を一任されているオレの故郷《こきょう》だ」

と答え、次の島を指さした。

「二番目に大きな島が恋人の島だ。海の青さが他の島より濃《こ》くてキレイだろう。ここは音楽家や美術家といった芸術家がたくさん住んでいる王国一夕日が美しい島で、有名なモモ円形劇場もあるし、なによりも王国一料理がうまい」

「有名な」といわれてもまったくピンとこないリュウが、もう一度シンにたずねた。

「何回も聞くようで悪いけど、その『恋人』ってよび方は、あんたたちの感覚では普通なのか？」

戦士や魔法使いや王様は職業名としてわかるけど、「恋人」って名前はふざけていないか？

とたずねるリュウに、シンはちょっとこまった顔をして、

「まあ、慣れろ」

と、答えになっていない返事をし、三番目の島の説明を始めた。

「二つの島にはさまれた四角い島が魔法使いの島だ。小さな島だが、王国で一番アルケーが多く住んでいる大都市だ。この島で買えないものはないし、魔法学の研究所や、お前が学ぶアル

カイク魔法学院や寮《りょう》もある、島全体が魔法の学園都市だ」

「がくいん!? オレ学校に行くのかよ!?」

「当たり前だ。なにもせず王様になれるほど甘くない」

ボソッと悪態づいたピントを殴ろうとしたリュウの二の腕を、シンが万力のような強い力でつかんだ。ふりほどこうにも、びくともしない馬鹿力にリュウが観念すると、シンはニッコリ笑って手をはなし、四番目の島を紹介した。

「その左の三角形の島が王様の島だ。名前の通り王様と女王様が住む宮城《きゅうじょう》に、我々元型が国のことを決める議会もある」

「それよりシン！ あそこ煙《けむり》あがってるぜ!? 火事！ 火事!!」

島から立ちのぼる煙にあわてたリュウに、

「よくぞ聞いてくれた！」

と、シンは日に焼けた肌と対照的な白い歯を見せた。

「あれは魔法の道具を作っている工房の煙だ。盾《たて》や剣はもちろん、水晶玉《すいしょうだま》、空飛ぶボード、アンティークほうき、∞《インフィニティ》、呪文カード、魔法薬の原料、そして万年筆を作っている」

「万年筆？」

仙酔島でシンが万年筆をふっていたことや、「試験」にも螺鈿をあしらった高級な万年筆があったことをリュウは思いだした。

「昔は魔法使いがふるのは杖と相場が決まっていたが、人間界と行き来するのに不自然だからな。仮装大会はオレも嫌いじゃないが、ずいぶん前から万年筆が『魔法の杖』の代わりだ」

そういうとシンは、ローブからとりだした自分の万年筆をリュウに見せた。黒光りする太い万年筆は、とてもシンに似あっているとリュウは思った。

「でも今時、人間界でもだれも持ち歩いていないだろ？」

万年筆だって時代おくれじゃないかといわんばかりのリュウに、今まで緑の置き物のように静かだったリガーが、二人の会話に割ってはいってきた。

「あなたも近く万年筆を持つことになるでしょうから忠告します。万年筆は絶対に注入式《ちゅうにゅうしき》です。カートリッジなんて邪道《じゃどう》です。なんせ調合《ちょうごう》ができません。ユニコーンのたてがみとマーメイドの涙《なみだ》、マンドラゴラの悲鳴を調合したインクの美しさといったら！　香りも重要です。女王様のお気に入りはバニラとイランイランです。あれほど上品で気品のある魔法は見たことがありません」

ヨボヨボの老人のどこに、こんな早口でまくしたてる体力があるのかとおどろくリュウに、シンはそっと耳打ちした。

「リュウ、すまないな。リガー様は王国一の万年筆の専門家でもあらせられるんだ」

「あんた、万年筆マニアなんだ？」

歯を見せて笑うリュウに、リガーは長いヒゲをなでながら、目を細めてウンウンとうなずいた。

「自分の道具にこだわりのない魔法使いなんていませんん。インク切れなんてもってのほかです。あとで『ムイッズ』のオサに、あなたの万年筆の研《と》ぎだしを依頼《いらい》しておきましょう。彼は王国一の、いや、歴史上一の万年筆職人です。あなたに似あいそうなのはエボナイトに蠟色漆《ろいろうるし》、磨《みが》きは三度で……」

話が長くなりそうなので、リュウはあわてて話題を変えた。

「ところでよ、さっき島は四つっていったろ？　オレがどんなにバカだって、島がもう一つあるのくらい数えられるぜ」

リガーたち三人の顔から表情が消えた。

「あれは、無人島です」

リュウはリガーの考えを盗み見ようとしたが、「思考を読まれない術を体得している」というのは伊達《だて》ではないらしい。この煮《に》ても焼いても揚《あ》げても蒸しても食えそうにない魔法使いの頭の中は、分厚い霧《きり》のような防御《シールド》で覆《おお》われ、なにも見えなかった。

「ひゃう！　最っ高!!」

高い空から風を切って、金色のドラゴンが地上へ急降下した。ぐんぐん近づく地上に、魔法使いたちの緑のローブがバタバタとはためいた。風が身を切る快感にリュウが酔《よ》いしれたのもつかの間、金色のドラゴンは砂をまきあげて、ドシン……と魔法使いの島へ着地した。

ドラゴンは四人を地上へおろすと、大きな翼をはばたかせ、戦士の島へ帰っていった。

「正式名称はゴールデン・ツインネック・ドラゴンです。テストにでますよ」

リガーに頭の中を読まれたリュウは、はずかしさで真っ赤になった。リュウは他人の頭の中を読むことは慣れていたが、読まれることには慣れていなかった。

――おたがい様だろう――

というピントの思考にも腹がたったし、横で笑いをかみ殺すシンもぶん殴ってやりたかったが、この彫像《ちょうぞう》のような筋肉に真っ向ケンカを売るほど、リュウもバカではなかった。

「彼をモデルにしたブロンズ像が恋人の島の美術館にあるので、今度ご案内しましょう」

「だから！　人の頭ん中、勝手に読むんじゃねえよ！」

その時、リュウのパーカーのフードから「ぷはっ！」と苦しげに、みなしごドラゴンが顔をだした。ブルンブルンと頭を左右にふって、なめた前足で猫のようにヒゲを整えている。

「悪い悪い、苦しかったよな。そういやお前の名前もつけてやらないとな」

「なっ……！」

「ピント！」

シンが制止した時にはすでにおそく、リュウは感情のない声でピントの頭の中を読みあげた。

「『この国でドラゴンの名前をつけられるのは王様だけ。お前はまだ王様の生まれ変わりと決まったわけではない』……か。あんた相当、オレが王様になるのが気に食わないらしいな」

ピントは敵意を隠そうともせず、フイとリュウから顔をそむけた。大人の敵意に慣れっこのリュウはピントを無視して、みなしごドラゴンを両手で高くかかげた。

「リュウって名前だと、おたがいややこしいもんな。ドラゴン、ドラゴ、うん、ドラゴでいいよな？　それからお前、逃げるなよ？　首輪とか鎖《くさり》とかやだろ？　でも迷子札は必要か？」

迷子札をぶらさげた自分の姿を想像したのか、ドラゴと名づけられたみなしごドラゴンはミーミー鳴いてリュウにかみついた。楽しそうにじゃれあうリュウに、シンはつらそうに眉根《まゆね》をよせた。

「ああしていれば、ただの十歳の少年なのに……」

「しかし、運命は彼に過酷《かこく》な試練を与えました。乗りこえられない試練はないのだと、我々は信じるしかありません」

魔法使いの島は魔法の学園都市というだけあって、木と紙とガラスと石で作られた建物がどこまでもつづく大都市だった。街路樹《がいろじゅ》が植えられた大通りを、羽根のはえた小動物や、半透明の幽霊《ゆうれい》が飛びかい、タキシード姿の骸骨《がいこつ》がこれまた骸骨の馬車を走らせていた。

「あれはなにをやってるんだ？」

うす暗い古い洋館をわざわざ汚《よご》している、老いた掃除人《そうじにん》をリュウは指さした。

「彼は『蜘蛛《くも》の巣職人』のイーギィーだ。アンティーク好きな観光客のために、伝統にのっとった方法で、シャンデリアを蜘蛛の巣で飾っているんだ。あれも免許制の職人技でな、だれにでもできる仕事ではない。他にも『本汚し職人』や『カーテンやぶき職人』の名人もいるぞ」

バーの店先には、まだ日の高い時間なのに「クラック！」と叫びながら、陶器《とうき》製のビアマグを打ちつけあう赤ら顔の魔法使いたちがたむろしていた。

酒を飲めないらしい若いアルケーが、一人の酔っぱらいにたずねていた。

「『酔っぱらう』って、どんな感じなんですか？」

「うーん、酒を飲めないヤツに説明するのはむずかしいな。ほら、そこに酒瓶《さかびん》が二本あるだろう？　あれが四本に見えることが、酔っぱらうってことだ」

「なるほど。でも酒瓶は一本しかありませんね」

リュウは「魔法使い」とは、だれもがかぎ鼻でシワだらけの顔と想像していた。しかし現実の魔法使いは、マントやローブといった服装をのぞけば、人間とまったく区別がつかなかった。

「なんか緊張《きんちょう》するよな。こんな都会にくるの、オレ初めてだし……」

と、キョロキョロあたりを見まわし、落ちつかない様子のリュウに、

「安心しろ。オレも人間を王国につれてくるのは初めてで、緊張しているよ」

シンはそういって、笑いながらポンとリュウの肩をたたいた。おかげで緊張のほぐれたリュウは、街をゆっくり見る余裕《よゆう》ができた。

ドラゴンの背でシンが説明してくれた通り、この島には楽器に本に薬に雑貨、それからなにに使うのかよくわからないヒモつきの木のボードなど、ありとあらゆる物が売られていた。中でもリュウの目を引いたのは、露天《ろてん》にならぶ色とりどりのお菓子《かし》の山だった。ピンク、白、チョコレート、こげ目のついたバター色は、リュウにとって夢のような世界に見えた。

どのカフェやバーにもローブ姿の魔法使いがたまっていたが、シンとリガーの姿を認めると、だれもがあわててイスから立ちあがりあいさつをした。自分たちに頭をさげる彼らに軽く手をふったシンが、リュウを手まねきして古いたたずまいの店先によんだ。リュウがガラス越しに店内をのぞくと、そこには山の上に建つ石造りの黒い城の絵画が飾ってあった。

「これが、アルカイク魔法学院だ」

霧につつまれた湖の島に、天にそびえる高い塔《とう》と、夜空に浮かぶ銀色の月。絵の中の万年筆が、月にむかって飛び立つドラゴンのうしろ姿を描《えが》いた絵画に、リュウは一目で魅《み》せられた。

——**魔法使いの学校**——

勉強は大嫌いだが、まさに魔法にかけられたように、リュウはその学校について質問したくてたまらなくなった。

「で、オレはいつあの学校へ入学できるって？」

興奮したリュウの様子に、シンはうれしそうに予定を伝えた。

「明日《あした》の朝偶数の王様に謁見《えっけん》して、お前が正式に奇数の王様の生まれ変わりと認められれば、明日入寮《にゅうりょう》、明後日《あさって》入学だ。今夜は宮城に泊《と》まる。めったにないことだが、それだけお前が特別ということだ」

「ところでこれ、うまいな。なんていう食いもんだ？」

「お前、いつの間に……！」

シンの話の途中《とちゅう》にもかかわらず、「ポンパドール」という店先から、生クリームたっぷりのフォンダンショコラを盗んできたリュウに、ピントが大声で叫んだ。しかしその声を打ち消すように、ピントの腹にリュウの右拳《こぶし》がめりこんだ。糸が切れた操り人形さながら、つぶれたカエルのような声をあげて石畳《いしだたみ》に崩《くず》れ落ちたピントを、冷たく見おろしたリュウがいった。

「お前みたいなザコに、何回も『お前』よばわりされるのはムカつくんだよ。オレが王様の生まれ変わりだっていうんなら、土下座してうやまえよ、コラ」

「ピ、ピント様になんという無礼を、このガキが……！」

商品を盗まれた店の店主と、酔っぱらったアルケーたちが、まだその正体を知らないリュウをとりかこんだ。「様」づけでよばれているところを見ると、ピントもそこそこ地位の高いアルケーなのかもしれない。しかしそんなことは気にもとめず、リュウは心の底からうれしそうに叫んだ。

「記念すべき、魔法の国での初ゲンカだぜ！　魔法とやらを見せてみろよっ！」

いうが早いか、リュウは目にもとまらぬスピードでアルケーたちの大きな腹に拳をめりこませた。つかみかかろうとした樽腹《たるばら》の下から頭をつきあげ、万年筆をだして魔法をかけようとした魔法使いの右手をまわし蹴りで砕いた。リュウの肩から降りたドラゴが、リュウの攻撃《こうげき》がヒットするたび、石畳の上で宙がえりをしてキャッキャとよろこんだ。

あっという間に十人以上のアルケーたちを殴りたおしておきながら、かすり傷一つ負っていないリュウは、店先の菓子を両手に山ほどかかえて、

「ほら食えよ。オレが王様になったら、お前に好きなだけ食わせて、あの金色のドラゴンみたいにでっかくしてやるからな」

と、唯一の応援団《おうえんだん》に、色あざやかなうずまきキャンディーを与えた。短いシッポをふってよろこぶドラゴ。リュウ自身も三段重ねの糖蜜《とうみつ》アイスをなめながら、「悪魔」の顔でシンとリガーをふりかえっていった。

「いっとくけど、オレの行動を改めさせようなんて考えるなよ？　オレは今までずっと大人たちにひどい目にあわされてきた。だからこの世界では、王様として好き勝手させてもらうぜ」

陽は落ちかけて、道端《みちばた》の草のしげみの陰も色濃くなってきた。

宮城までのリュウとの同行を拒否《きょひ》したピントに代わって、十数人のアルケーたちを率いたリガーとシンは、リュウを魔法使いの島西端《せいたん》の崖《がけ》につれてきた。風に深くあおられて逆流した滝が、屏風《びょうぶ》状につらなる巨大な岩肌《いわはだ》にそって燃えるように天に消える幻想《げんそう》的な風景の中に、むこう岸の見えない巨大な橋がかかっていた。

「ここはモハーの橋、通称『感謝の橋』とよばれる、王様の島に通じる唯一《ゆいいつ》の橋だ。邪心《じゃしん》ある者や感謝の心がない者が渡ろうとすれば、親柱《おやばしら》の幻獣たちがいっせいに襲いかかる」

さっきまで気のよい青年だったシンは、うって変わったきびしい口調でリュウに伝えた。

しかし「感謝の心」といわれても、リュウにはなんのことかまったく理解できなかった。生まれた時から親もなく、島では悪魔とさげすまれ、ほしいものがあれば力ずくでうばう毎日。

――他人の心が見える、そんな能力は地獄《じごく》でしかない――

言葉とは正反対の心、笑顔の裏のウソ。感情を殺して生きていかなければ、自分の心が死んでしまう。リュウはこれまでだれも信用せず、だれにも愛されず、感謝なんて考えたこともなかった。

真剣に考える気配のないリュウを心配そうにふりかえりながら、シンとリガーはアルケーたちを率い、霞がかった橋に消えていった。

一人ポツンと橋のたもとにとり残されたリュウは、

「……なんだよ、渡ればいいんだろ、渡れば！」

と、巨大橋におそるおそる足をかけた。しかし別段変わったことはなにも起こらなかった。

「……なんだよ、おどかしやがって……」

フウーと大きく息を吐いて一人強がってみたリュウだったが、それでも警戒《けいかい》はとかぬまま、石橋の頑丈《がんじょう》さをたしかめるように、一歩、また一歩とつま先立ちで進んだ。

その歩き方で橋の中ほどまで進んだリュウは、霧に煙《けむ》る橋の欄干《らんかん》を見あげた。今にも動きだしそうな獅子《しし》グリフォンや、大蛇《だいじゃ》ヨルムンガンド、不死鳥フェニックス、人魚マーメイドの巨大ブロンズ像と目があった。

自分を値ぶみするかのような幻獣たちの視線を気にしながら、リュウは永遠とも思えた長さの橋を無事渡りきった。

「どーだ、渡ってやったぜ！　ザマーミロだ！」

そう叫びながら、リュウは自慢《じまん》げに橋から岸へジャンプして降りた。

「感謝しなさい、リュウ」

「え？」

神妙《しんみょう》なリガーの声に橋をふりかえったリュウは、その場で腰をぬかした。リュウに覆いかぶさる巨大な影は、太い脚でリュウを蹴り殺そうとするペガサスと、角《つの》で串刺《くしざ》しにしようと構えるユニコーンだった。

「あなたの足元の小さな命が、あなたを救ったのですよ」

見れば短いシッポをふって、地面にすわりこんだリュウの腕にキャッキャとじゃれつくドラゴの姿があった。感謝の橋を渡りきれたのは、命を助けた自分への「感謝」だったっていうのか……？

こんな小さな獣にもその心があると知ったリュウは、複雑な気持ちで「恩人」をフードに押しこんだ。

霧の晴れた夕日のむこうに青い竹林《ちくりん》が広がっていた。さらに奥《おく》には、蓮《はす》の華《はな》が浮かぶ深緑《しんりょく》の池。薄《うす》桃色の桜並木の彼方に「宮城」の名にふさわしい王様の城が見えた。

リュウが魔法使いの島で見た、高くそびえる黒い塔の学院とは正反対に、宮城は真っ白な大理石の階段が深く奥行を重ねる、美しい平城《ひらじろ》だった。

「まるで天国みたいだ」

その光景に見とれるリュウに、

「口を開けていると、宅配カラスのフンがはいりますよ」

と、リガーが教えると、リュウはあわてて自分の口をおさえた。

だだっ広い真っ白な玄関《げんかん》で靴《くつ》をぬごうとしたリュウに、宮城のアルケーが「そのまま」とうながした。すり切れたスニーカーが緋色《ひいろ》のじゅうたんを汚すたび、羽根のはえた小さな妖精《ようせい》が掃除《そうじ》するのを見たリュウは、靴をぬぎ捨てハダシになった。短い四肢で必死に追いかけてくるドラゴを待たず、わけもなくイライラしながら、リュウは大股《おおまた》で宮城の奥に進んだ。

「普通王様って、堀《ほり》とか塀《へい》にかこまれた、高い塔に住んでるもんじゃねえの？」

「宮城に堀や城壁《じょうへき》はいらない。〈人は城、人は石垣《いしがき》、人は堀〉といってな。いざという時は王国中のアルケーが、命に代えても王様をお守りする。お前も王様にお目にかかれば、きっとわかるさ」

「ふーん、そんなご立派な王様なのかねえ？」

今までそのような大人にお目にかかったことがないリュウは、同じ歩幅《ほはば》で歩くシンの「命に代えても」というセリフを大げさに思った。

オレだったらさっさと逃げるけどな、といいかけたリュウに、「それから」といって、シンは赤じゅうたんの上でピタッと足をとめた。

「この王様の島では盗みは大罪だ。それだけはおぼえておいてくれ」


「元型王国におけるお客様への最大のおもてなしは、入浴をおすすめすることでございます」

案内役のアルケーの言葉に、リュウは自分が汚《きたな》いといわれている気もしたが、汗もかいたことだし、夕食前にさっぱりできるのはありがたかった。

浴室内にまでついてこようとするローブ姿の魔法使いたちを丁重に追いだし、ドラゴを肩にのせて浴室のドアを開けたリュウは、目の前の光景に言葉を失った。そこは幾重《いくえ》にも重なった鍾乳石《しょうにゅうせき》が数千年の歴史をかもしだす、真っ白な天然の露天風呂《ぶろ》だった。

「すげえ……」

石灰棚《せっかいだな》の白さと暮れる夕日の赤。独特の乳白色《にゅうはくしょく》をした湯にリュウが足をつけると、上の段から湯温が高くなっているのがわかった。ちょうどよい温度の石灰棚を見つけたリュウは、

「極楽、極楽……」といいながら湯につかった。ドラゴもリュウのマネをして頭の上にタオルをのせ、湯の中で短い手足をのばした。

風呂あがりに用意されていた衣類は、つめ襟《えり》の制服とフードつきのローブに革のブーツだった。金古美《きんこび》の金具がついた黒いローブを身につけたリュウが案内されたのは、まるでシンデレラでも踊《おど》っていそうな壮麗《そうれい》な大広間だった。巨大な円卓《えんたく》に一人座らされたリュウの首に、給仕のアルケーが白いナプキンをかけたのを合図に、円卓にはリュウが今まで見たこともない量のごちそうが現れた。

「ハシくれ、ハシ！」

給仕のアルケーたちがヒソヒソと眉をひそめる中、リュウは片っぱしから料理を平らげた。

「こんなうまいもん毎日食って、あんたら……アルケーっていったっけ？　太らないのか？」

食欲がとまらないリュウの問いに、給仕たちは風船のようにふくれた腹のシェフを指さした。

「心配ご無用です。彼があれ以上太った姿を、私どもは見たことがありません」

それを聞いたリュウは、もう一度シェフの巨大な腹と脂《あぶら》ぎった顔を交互に見て、無言でハシを置いた。

足元に気配を感じたリュウが真っ白なテーブルクロスをめくると、ドラゴが磁器《じき》の皿につまれた角砂糖《かくざとう》を夢中でかじっていた。

「お前、甘党なんだ？」

リュウは笑いながら、円卓のシュークリームとチーズプリンとマシュマロとマカロンをハシに串刺しにし、てっぺんを生クリームのついたイチゴで飾ってドラゴに手渡した。ドラゴは大きな瞳《ひとみ》をキラキラ輝かせ、リュウ特製の串刺しスイーツをペロリと平らげ、それでも名残《なごり》おしそうに、短い舌でジャリジャリ皿をなめた。


満腹の腹をポンポンとたたいたリュウが次に案内された部屋は、丸天井の天窓から銀色の月の光がさしこむ、これまたおとぎ話でも見たことがないような豪華な寝室だった。部屋には金《きん》糸《し》で刺繍《ししゅう》されたロイヤルブルーの長イスと、王国の紋章《もんしょう》らしいドラゴンが彫《ほ》られたサイドボードが置かれ、真鍮《しんちゅう》の燭台《しょくだい》のロウソクに照らされた豪華な天蓋《てんがい》つきベッドには、羽衣のように美しい絹の布団がかけられていた。

「……歯磨《はみが》きくらいさせろよな」

神社のせんべい布団で寝起きしてきたリュウにとって、チリ一つ落ちていない豪華な部屋は場ちがいだった。しかしどこかなつかしい記憶も否定できず、混乱をごまかすようにリュウは絹の布団に大の字になった。体はつかれているはずなのに、このめまぐるしい一日のできごとが頭をめぐって、リュウの目はさえるばかりだった。

ベッドサイドに『人間界のおとぎ話』という本が置いてあったので、本でも読めば眠くなるだろうと考えたリュウは、その本に手をのばした。

〈桜の木を切ったことを正直に話した少年を、父親は許した。なぜか。少年がまだ手に斧《おの》を持っていたからである〉

〈人間界には、犬とブタという、よく似た生き物がいる。ある時、犬をつれた女が男にぶつかり、「こんなところにブタなんかつれてくるなよ！」と男に怒鳴《どな》られた。「なんてことをいうの、この子は犬よ！」といいかえした女に、男はいった。「犬にいったんだよ」〉

〈強盗《ごうとう》は命か金《かね》か、どちらかを要求する。人間の女はどちらも要求する〉

この王国がテロスによい感情をいだいていないことを十分に理解したリュウは、ベッドの外に本を放り投げた。ますます眠れなくなったリュウの耳に、宵《よい》の口を知らせる九回の鐘《かね》の音《ね》と、聞きおぼえのある声が聞こえてきた。

足音を忍《しの》ばせ寝室からでたリュウは、声のする扉《とびら》の鍵穴《かぎあな》へ耳をあて、部屋の中の会話を盗み聞いた。

「オレは絶対に反対だ！【影】の生《い》け贄《にえ》にするために、人間界からつれてくる必要がどこにあったというんだ⁉」

「シン、情がうつったか？　我々が女王様のお命以上に優先させるものがあるのかね？」

「正気かシャーロック！　あの子は奇数の王様の生まれ変わりだぞ⁉」

「だからこそ『性能』に文句はなかろう。リガー様、異論はございませんな？」

「わしが異論を唱えれば、お前はよろこんでそれに反対するじゃろうが。シャーロックよ」

「そんなそんな。死にぞこないの恋人にたてつくなんて、おそれ多い」

「シャーロック！　リガー様になんて口の利き方よ！　これだから性格悪い魔法使いって大っ嫌い！」

「ローゼリア。あなたの若作りの格好の方が、私の性格以上に問題があると思うがね？」

マホガニーの豪奢《ごうしゃ》な扉の鍵穴から、複数の男女の声が聞こえてきた。

一人は間違いなくシンの声だった。

しかしリガーが「恋人」ってどういうことだ？　リュウは息を殺して、耳に全神経を集中させた。

「とにかく、あのテロスを【影】への生け贄としてさしだす案は、お前らが不在中の議会で決定したことだ。お前の馬鹿力だけでは、こういう複雑な物事は解決できないのだよ、シン」

――生け贄？――

リュウはその言葉に、ハッキリと自分の「役割」を理解した。

……そうだよ、話がうますぎると思ったんだ。王様の生まれ変わりだなんてだまされて、豪華な風呂に豪華な食事、これって処刑前のもてなしだって、どうしてもっと早く気がつかなかったんだ?

リュウは物音をたてないよう、注意深くうしろ足で扉からはなれた。そして宮城の出口を目ざし、一目散《いちもくさん》にかけだした。


一時間も走っただろうか。しかしロウソクの灯《あか》りがともる宮城の暗い回廊《かいろう》には魔法がかけられているらしく、何度リュウが逃げだしても、寝室にもどってきてしまうのだった。

「ちくしょー、魔法……なんだろうな。これをやぶる方法が絶対にあるはず……」

リュウはふと、ドラゴンの紋章が描かれた寝室のサイドボードを思いだした。寝室に置くにはあまりにも立派な巨大な棚。大事な物を保管しているに違いないと、リュウは直感した。

重いサイドボードの引きだしをリュウが引くと、中には見事な細工の宝石箱があった。リュウはゆっくりフタを開けた。間違いない。それは「試験」で使われた、王様の螺鈿の万年筆だった。

王様の万年筆を手にしたリュウは、体が燃えるように熱くなるのを感じた。見よう見まねでシンのように万年筆をふりおろすと、真鍮の燭台のうしろにポッカリと人が通れる大きさの大穴があいた。

「ぬけ穴！」

リュウはスヤスヤ眠るドラゴの寝顔《ねがお》に「ごめんな」とあやまり、一人その穴へ飛びこんだ。


寝室のぬけ穴は、モハーの橋のたもとにつながっていた。

せまい穴からはいでたリュウが親柱を見あげると、月夜の中、さしものペガサスとユニコーンもぐっすり眠っていた。とにかく、あの金色のドラゴンに乗りさえすれば人間界へ帰れる。シンだけは味方のようだったから、どこかで彼と落ちあえばうまく逃がしてくれるだろうとリュウは考えた。

銀色の月の光をたよりにモハーの橋を一気にかけぬけようとしたリュウだったが、突然強い力で首根っこをつかまれ、そのまま勢いよく地面に引きたおされた。

痛みと声をかろうじて我慢《がまん》したリュウが力の主を見あげると、そこには二人の大男が仁王立ちしていた。軍服のような服装から、大男たちが宮城の衛兵とリュウが理解するのに、時間はかからなかった。警棒のような太い棒をパシパシ手元で鳴らし、とらえた獲物《えもの》をなぶるケモノのような目つきで、衛兵たちはリュウを見おろしていった。

「シャーロック様のおっしゃった通りだ。今夜、泥棒が万年筆を盗んで逃げるってな。おい小僧、この王様の島で盗みは死罪だと知っているだろう？　魔法学院《アルカイク》で習っているはずだ」

そんな学校まだ行ってねえよ、とリュウはいいかえしたかったが、二人の衛兵たちに両腕をねじりあげられ、顔面を強く地面に押しつけられた姿勢では声もだせなかった。

「宮城の奥まで忍びこめたとはたいした魔法力だ。このまま成長すれば、立派な魔法使いになれただろうに」

この時になって初めて、リュウは自分が罠《わな》にはめられたことに気がついた。

宮城の奥に引き入れ、わざと話を聞かせる。逃げなければ生け贄、運よく万年筆を使って脱走できれば、泥棒として死罪。どちらにしてもあのシャーロックとかいう、陰険《いんけん》な声の男の計画通りだった。

――ちくしょう、これだから大人なんてだれも信用できない――

――だれも自分を愛さない――

……でもオレが死ねば、女王様とやらの命が助かるのなら、それでもいっか。さんざん悪さしたけれど、一つぐらい人のためになることをしたのだから、地獄には落とされないよな……。

観念したリュウが目をとじたその時、

「その少年からはなれなさい」

リュウの頭上から、今まで聞いたことのない、神様のような神々《こうごう》しい声が降ってきた。

その声に、リュウを地面に押しつけていた衛兵たちの力がゆるんだ。力から解放されたリュウが体を起こすと、大きな体の衛兵たちは地面に手と頭をつけ、ガタガタと震えていた。

衛兵がひれ伏《ふ》している相手は、立派な体格に豪華な服を身につけた男性だった。男性はだまって大きな体を折ると、リュウの顔と体についた泥《どろ》をはらってくれた。

「こ、こ、こんなところに……、なぜ……。なんと、なんとおそれ多い……」

衛兵の言葉を最後まで聞かずとも、彼らの心の中を読んだリュウには、目の前の優しい目をした、白髪《しらが》まじりの男性がだれなのかわかった。


――元型王国の統治者、偶数の王様――


目尻《めじり》に深くシワを刻んで、王様はなつかしむようなほほえみでリュウを見つめた。

リュウは、殺されかけた文句の一つもいってやろうとしたが、あふれてきたのは言葉ではなく涙だった。

「な、なんで。なんでオレ泣いてるんだ……？」

あふれる涙をこらえようとした途端、今度は嗚咽《おえつ》がもれた。リュウは「悪魔」とさげすまれた自分が、人前で涙を流すなんて信じられなかった。

しかし、王様の慈愛《じあい》に満ちた深い瞳に見つめられていると、今までの辛《つら》い記憶や、悲しい経験がすべて洗い流されるように、涙があふれてとまらなかった。

王様はその大きな体でリュウを優しく抱《だ》きしめた。たくましい腕から伝わってくる王様の愛は、まるで大きな太陽のようだった。

すべてをつつみこむような優しくあたたかな光に、リュウは長年の凍《い》てついた氷の心がとかされていくのを感じた。王様はその胸に抱いたリュウの小さな頭を優しくなで、愛に満ちた声でいった。

「あなたは、人の心を読める力を持って人間界に生まれたために、たくさんの傷を負いました。もういい。もうあなたは十分傷ついた。

人は変わる。人は変われる。

あなたは今、私の腕の中で生まれ変わるのです。愛と光の中で生きるのです。今夜、私はあなたの傷ついた魂《たましい》を買ったのです」

「……っ！　う、う、うわあああああ!!」

リュウは生まれて初めて声をあげて泣いた。

王様は豪華な衣装が汚れるのもいとわず、その小さな体を強く抱きしめた。

どれくらいの時間がたったのだろう。リュウはまるで父親に守られているような安心感につつまれ、眠りの世界へ落ちていった。

第3章

アルカイク魔法学院

翌朝、絹の布団で目ざめたリュウは、不思議な感覚につつまれていた。

「いざという時は、王国中の者が命に代えても王様をお守りする。お前もきっとわかるさ」

シンの話は本当だった。リュウは今まであんな大人に会ったことはなく、だれかに憧《あこが》れたこともなかった。**真の王様**。あんな大人になりたい、あんな男になりたいとリュウは思った。

——王様になりたい——

右手のヤケドの痕を見つめ、拳をかたくにぎってリュウは決心した。

王様と女王様との面会は、女王様の体調不良のため中止と知らされた。王様との再会を楽しみにしていたリュウはリガーに抗議したが、事情を知らないシンにたしなめられた。

宮城《きゅうじょう》の豪華な広間のフラスコ画を背景に、王様と女王様以外の「六人の元型」が一堂に会した。

男の戦士、シン・ランスロット
女の戦士、ニライカナイ・ケルト
男の恋人、キュア・キーン・リガー（やっぱりウソついていやがった）

女の恋人、ローゼリア・キャロル
男の魔法使い、シャーロック・スクルージ
女の魔法使い、ボルヴァ・テンプル

昨夜の王様ほどではないが、この六人の強大なエネルギーにリュウは圧倒《あっとう》された。昨夜、盗み聞きした印象そのままのシャーロックは、ヘビのように陰気《いんき》で暗い顔をした男だった。リュウの手をとって「初めまして！」と明るくはしゃぐローゼリアは、恋愛《れんあい》にまったく興味のないリュウですらドギマギするほどの、白いドレスに絹のような金髪をゆらした絶世の美少女だった。

鎧姿《よろいすがた》のニライカナイと、とんがり帽子《ぼうし》に半月《はんげつ》メガネのボルヴァは終始無言だった。

「私が『恋人』と名乗ると、不必要にあなたを混乱させると思いましたので……」

と、リガーはリュウに謝罪したが、その態度に悪びれた様子はまったくなかった。

「リュウ、いったんここでお別れだ」

リュウとドラゴを魔法使いの島まで送ってくれたシンが、すまなそうに頭をさげた。いくら王様の生まれ変わりとはいえ、ずっと自分一人にかまっていられるほど「元型」はヒマな身分ではない。リュウは頭ではわかっていたが、少しさびしい気もした。二人はガッチリとかたい握手《あくしゅ》をかわし、年齢《ねんれい》をこえた友情をたしかめあった。

その感動をぶち壊すかのように、二人の足元から石畳をつきやぶって、栗色巻き毛の少女が地下からひょっこり顔をだした。

「はいよ！　あたしはジゼル。あんたとは長いつきあいになりそうやね、ひとつよろしく！」

「ジゼル、遅刻《ちこく》だぞ」

「シン様ごめんなさーい！　うちの時計、のぼりになるとおくれるんですぅ〜」

地上にはいだしてきたマイペースなジゼルという少女を、「案内役と伝令役に」と、シンがリュウに紹介した。

つま先でピンと立ち、敬礼のポーズをとったジゼルは、

「さあ、アルカイク魔法学院へいくさね！」

と、いきなりシンに背をむけて歩きだした。

リュウに手をふるシンの姿が見えなくなると、ジゼルは「近道、近道！」といって、リュウを脇道《わきみち》へつれこんだ。そこは昨日、リュウが騒動を起こした店の近所だったが、そんなことにはおかまいなく、細身の万年筆をとりだしたジゼルは、万年筆の底で一枚の石畳をコンコンとたたいた。するとと石畳に、地下への入り口らしき大穴がぽっかり口を開けた。

「おどろいたかい？　アルカディアの地下迷宮は、ありとあらゆるところにつながっているのさ」

昨日のぬけ道もその一つだったのだろうと、おどろいた様子もないリュウをつまらなく思ったジゼルは、おどかすようにリュウにいった。

「まあ、そうはいっても迷宮だからね。あたしみたいな案内人なしで迷子にでもなったら、永久に石畳の下からでられないさね」

リュウとドラゴの引きつった表情にやっと満足したジゼルが、黒いフレアスカートのすそをつまんでピョンと大穴に飛びこんだ。地下迷宮は鍾乳洞《しょうにゅうどう》のように真っ暗でジメジメ湿っていた。ジセルはハリケーンランタンの灯りを先導に、リュウたちを入りくんだ地下迷宮の出口に案内した。

「ほーら、もうついた」

ジゼルの手をかりて穴からはいでたリュウの目の前に、むこう岸の見えない広大な湖が広がり、その中心に浮かぶ、巨大城塞《じょうさい》都市が現れた。昨日、シンに教えられた絵画と同じ風景ではあるものの、絵画とは比べものにならない本物の迫力《はくりょく》に、リュウはただ圧倒された。

まだ少し寒い朝もやの中、ジゼルとリュウは豪華客車に乗って湖にかかる巨大石橋を渡った。木を多用したラウンジカーの展望用の大きな窓から朝日が差しこみ、湖の上空をたくさんの宅配カラスや、サンタクロースのような貨物ソリ、コウモリが飛びかっているのが見えた。急いでいるらしい骸骨馬車がひっきりなしに鞭《むち》をふって、客車と並行して橋の上を走っていた。

「ここは魔法使いの島の一部だけど、教育に特化した魔法の学園都市やね。湖自体が結界となっているから、万が一の敵の襲撃《しゅうげき》にも子どもたちが危険にさらされることはないんよ」

「敵って？」

と、リュウがたずねたその時、キキィと車輪をきしませて客車が停止した。どうやら目的地についたようだった。ジゼルがリュウに下車をうながした。

たくさんのローブ姿が歩いている駅に降りたリュウの背後で、今乗ってきたばかりの豪華客車と石橋が、ゴボゴボと音をたてて湖の中にしずんでいった。

「時間キッカリなのも考えものだわね。満潮時には専用渡船もでるけど、それ以外に乗ったら死ぬよ。セイレーンやニーニアンに引きずりこまれるだけならいいけど、カロン渡船に渡し賃を渡しそびれたら、百年はあの世との境目をさまようさ。旅行にしてはちょっと長旅だわね」

ジゼルの「湖に引きずりこまれるほうがマシ」という基準がリュウには理解できなかったが、見れば桟橋で、頭巾《ずきん》をかぶったトカゲ骸骨のカロンがドラゴにむかって親指と人さし指で「丸」を作って、ニタニタ笑いかけている。おびえたドラゴがキャッと鳴いて、リュウのフードの中に逃げこんだ。〈地獄の沙汰《さた》も金次第〉か、と苦笑いしたリュウは、風呂場でぬぎ捨てたパーカーのポケットの中の現金を思いだし、ガックリとうなだれた。

城塞都市に上陸したリュウを迎えたのは、数百段はあろうかという急な階段と、壮大な石造りの巨城、そして幾千本の桜の木からときはなたれた花吹雪《はなふぶき》だった。

黒と白の幻想的な風景に酔いしれるリュウに、ジゼルがその建物の名前を教えた。

「アルカイク魔法学院。あんたが明日から通う学校だよ」

最初にリュウがつれてこられたのは、学院をとりまいたマーリン横丁だった。色とりどりの粉砕《ふんさい》タイルと、モザイクを使用した広場の入り口に、砂糖菓子のようなかわいらしい門衛の小屋が建っていた。同じことを想像したらしい甘党のドラゴが、リュウの肩にだらしなくヨダレをたらした。

昨日リュウが騒ぎを起こした大通りと比べ、マーリン横丁はごちゃごちゃした街なみではあるものの、新鮮な果実やはかり売りの木《き》の実が店先にならぶ、活気あふれた市場《いちば》だった。

横丁を少し奥にはいったところに、紫《むらさき》の板に金泥《きんでい》で「ムイッズ」と書かれた看板があった。ジゼルが重い扉を押すと、栃《とち》の木のカウンターの上に浮いた万年筆が梳《す》き紙に「ウェルカム」と書いて、リュウたちを歓迎した。

「リガー様より話はうかがっておる。そろそろくるころじゃと思っていたよ」

きずみルーペを左目にはめたベレー帽の老人が、店の奥からぬうっと姿を見せた。

「伝説の万年筆職人のオサだよ」

と、ジゼルが紹介すると、背の低い丸顔の老人は、照れたようにベレー帽をかぶりなおした。

リュウが改めて店内を見渡すと、壁《かべ》一面の黒檀《こくたん》の棚には、無数の万年筆の木箱とインク瓶がおさめられ、天井からは羊皮紙やパピルスなどの巻紙が、大量にたれさがっていた。

「〈万年筆と女房は他人にかすな〉ということわざがあるくらい、万年筆はアルケーの命そのものじゃ。魔法が使えなければ、アルケーはテロスと変わらん。ああ、わしはテロスに差別意識はないぞ。なんせ変人じゃからな」

そういうと、オサは弟子のモーリーをリュウに紹介した。

「こいつは昔からこの店にいるんじゃが出来が悪くてな。若いころの偶数の王様もこの店で修業をしてたんじゃが、それはそれは優秀でな」

「師匠《ししょう》より出来がよかったから、王様になっちゃいましたけどね」

口の悪い弟子のモーリーがリュウを店の奥につれて行き、柳《やなぎ》の木でできた机の上に数種類の万年筆をならべた。モーリーはリュウの万年筆を選ぶべく、さまざまな胴《どう》の万年筆をにぎらせたり、金やイリジウムのニブを試させたが、リュウはどの万年筆にも王様の螺鈿の万年筆以上のエネルギーは感じなかった。

いつまでも決まらない万年筆選びにリュウが退屈してきたころ、天井からホコリとともに、「ＲＯＩＲＯ─ＵＲＵＳＨＩ」と書かれた木箱がリュウのヒザにボスッと落ちてきた。

「ふむ、どうやらお主に使ってほしいと見えるわ」

そういうとオサは、リュウに木箱を開けるよう目線でうながした。リュウがおそるおそる木箱を開けると、強い光を放つ朱色《しゅいろ》の万年筆が現れた。宝石や螺鈿蒔絵《まきえ》などの派手な装飾は一切なかったが、その万年筆を手にしたリュウは手になじむ一体感と、逆毛立つほどの興奮が体をかけめぐるのを感じた。

「オレ、これがいい！　この万年筆に決めた！」

その様子に満足げにうなずいたオサが、

「次はインクじゃ」

というと、「ロイヤルドラゴンの血」と書かれたインク瓶がカタカタ音をたて、同じように棚から落ちてきた。

「キャッ」っと逃げたドラゴは瓶の直撃《ちょくげき》をまぬがれたが、次の瞬間《しゅんかん》モーリーが、

「だめですよ！　それは!!」

と血相を変えて、オサの手からインク瓶をひったくった。

「なんじゃ。前途《ぜんと》ある少年に、最強の魔法を使わせないつもりか？」

オサの非難に、インク瓶を大事そうにかかえたモーリーはツバを飛ばしていった。

「アルカイクの学生にこんな高級品を与えてどうするんですか！　お金とれないのに！」

「この守銭奴《しゅせんど》め！」

そうオサに吐き捨てられたモーリーは、まるでドラゴンが炎を吐く勢いで、師匠にかみつきかえした。

「師匠が商売っ気なさすぎるんです！　ぼくの給金だって、二百年もあがってないんですからね！」

そういってモーリーは、店の中の商品を手あたり次第、オサに投げつけた。

「そうやってお前は万年筆を大事にしないから、いつまでたっても見習いのままなのじゃ！　減給じゃ、減給じゃ!!」

師弟ゲンカが始まったので、ジゼルは棚にあった「バジリスクの呼気と狼《おおかみ》の遠吠《とおぼ》えとオジギ草の朝露《あさつゆ》」と書かれたインク瓶をポケットにねじこみ、リュウの手を引いて店から退散した。

「お前っ……、それ泥棒だろ！」

自分のことは棚にあげて非難するリュウに、ジゼルは反論した。

「人聞きの悪いことをいわないでおくれよ！　アルカイクで使う物は、マーリン横丁では全部タダって決まりなのさ。学ぶ子どもから金をとろうなんて、テロスたちの気が知れないやね」

するとすぐ近くの文房具店から、明らかに学生とは思えない年齢《ねんれい》のアルケーが、羊皮紙を持って店をでようとし、店主ともみあいになっていた。

「お前、アルカイクの学生だって？　ウソをつくな！　いつ卒業するんだ!?」

「この店をでた瞬間にだ！」

あきれるリュウに、「……まあ、あんなのもたまにはいるけど」と前置きして、ジゼルはつづきを話した。

「この世界は『理想郷』ってくらいだから、物事がこうあったらいいってのを理想にしてるんよ。病気のない世界、貧乏のない世界、子どもが安心して暮らせる世界。その改革を行ったのが、今の偶数の王様とリガー様でさ。

ああ、あんた王様に会ってないんだねー。もったいないやねー。ダンディですっごくかっこよくて、優しくて、たくましくて！　王様じゃなかったら結婚してほしいのにー！」

リュウは「ちょっと待った」と、やかましくしゃべりつづけるジゼルを制止した。今のジゼルの話だけでも、聞きたいことが山ほどあったが、ジゼルはリュウが王様に会ったことは知らない様子なので、その話はさけて一つずつ順番に質問した。

「王様って結婚できないのか？」

おとぎ話の王様と女王様はたいてい夫婦だが、この世界では違うのだろうか。

「ああ。王様と女王様は基本的にだれとも結婚できない決まりさ。権力の集中をふせぐ目的もあるんだろうけど、くわしい理由はアルカイクで学んでおくれ」

明るくおめでたい性格のジゼルだったが、頭の中身もおめでたいジゼルに、リュウは質問をつづけた。

「タダって？」

「アルカイクの学費はもちろん、マーリン横丁では学院生活で使う制服も万年筆も教科書も食べ物も髪洗い草も薬草代も医療魔法費もぜーんぶタダさ！　あ、ただし自分のほしいものは別やね、お菓子とかお酒とかは金とられるさ。必要なものは無料、ほしいものは有料っておぼえておくといいさね」

「つまり食事はタダで、ケーキは有料ってことか？」

「ああ。わざわざお金はらって不健康になりたきゃ、あたしゃとめないよ」

リュウは昨日大通りで見かけた、真っ赤な顔をした酒飲みたちの体型を思いだした。

「でも、そういうものほど、うまいんだよね？　うふふ」

リュウは「ニッ」と笑いながら親指を立てて、

「お前、話わかるのな」

とジゼルに同意した。

ジゼルが次にリュウを案内したのは、せまい路地をぬけた場所にある「タベルナ」という名前の、隠《かく》れ家《が》的な古めかしい食堂だった。

「まあ、あたしぐらい長くこの島に住んでいると、こういう店の常連になれるってことやね」

「お前、何歳なんだ？」

と、口をすべらせたリュウをぶん殴ったジゼルが、重いすりガラスの店の扉を引いた。しかし中から鍵でもかかっているのか、二人を拒《こば》むように扉は開かなかった。

「もしもーし？　ジゼル・タッシェンでーす。開けてくださーい」

しかし、中からかえってきたのは、次のような反応だった。

「この店へは特別な者しかはいれない。お前が本物のジゼルだというなら、証拠を見せてもらおう。昔、ここに迷いこんだニュートンというテロスは、自分を本物と証明するために万有引力の法則を説明した。同じくゴッホというテロスも、ひまわりの絵を描いてみせた」

「えっとー、ニュートンとゴッホってだれですかー？」

「……疑ってすまなかった。お前は間違いなく本物のジゼルだ。さあ、はいれ」

扉を開けた店主のエフハリストは、〈バカな子ほどかわいい〉というように、ジゼルを抱きあげてほおずりした。

「ジゼルや！　最近見ないと思ったら、王様からシン様に乗りかえたんだってな？」

「あらやだよ。王様は永遠の一番、シン様は目の保養用さね」

店主と軽口をかわしたジゼルは、一番奥の席にリュウを案内した。奥の席では毛皮のエリを立てた短髪の青年と、子どものような身丈《みたけ》の老女二名の先客が、議論をかわしている最中だった。

「あの死刑判決の事件記事を読んでくれたかい？　ぼくのペンが彼女を救ってあげたんだ！」

「旦那《だんな》を確実に死刑台に送ってやったという意味ではな。いかんせん、お前の文章はいつもうさんくさすぎる。なにが吟遊詩人《ぎんゆう》だ。ホラを吹くのもたいがいにするんだね」

「自由こそが、吟遊詩人の使命なのさ。時にそれは、真実以上に真実となる」

「イド師範《しはん》、お待たせいたしました」

バケツサイズの巨大パフェを完食したばかりの老女が、ジゼルの声に目をあげた。いったいこの老女は何者なのかを知りたくなったリュウは、ジゼルの頭の中を読んだ。

――イド師範、王国一の武術家、最強の魔法使い、サトリの魔法の達人、シン様の師匠――

目の前のこんな小さな老女にそんな力があるなんて、にわかには信じられなかったので、女は殴らない主義のリュウは、ギリギリ寸どめできるスピードでイドに殴りかかってみた。

「!?」

ジゼルとペタニーが声にならない声をあげたが、二人にはそのスピードが見えなかった。リュウのパンチのスピードではなく、リュウの背後にまわりこんだイドのスピードが、だ。

唯一、わずかにそのスピードをとらえたリュウが、イドの鍵型チョーカーの残像を追ってふりかえったが、気がつけば店の床にあおむけにたおされていた。リュウに馬乗りになったイドが、自分の現状が理解できていないリュウの眉間《みけん》に指をつきつけ、心底面倒《めんどう》くさそうな口調でいい捨てた。

「ほれ。奇数の王様の生まれ変わり。人間界生まれのサトリの魔法使いとやら。あたしの頭の中を存分に見るがよい。お前の精神がどこまでたえられるか、見ものだね」

普段リュウは、人の考えが一方的に流れこんでこないように「かけ金《がね》をおろす」という表現で、他人の意識を遮断《しゃだん》していた。しかし今、そんな抵抗は、イドの前ではまったく無力だった。

「うわあああ!!」

イドが見せた、憎悪、恐怖《きょうふ》、孤独、絶望といったドス黒い感情に、リュウは絶叫《ぜっきょう》して石の床の上をのたうちまわった。

幻影《げんえい》から解放されたあとも冷たい床に両手をついて、流れる汗もそのままにリュウはハアハアと荒い息をついた。

「なんだい、まだオシメもとれていない赤ん坊じゃないか」

そういうとイドはペタニーのいる席にもどり、店主にパフェのおかわりを注文した。

「あのー、イド師範。それでシン様からの依頼だった、リュウの弟子入りの話は……」

場をとりつくろうように、ジゼルはもみ手をしながらイドにたずねた。

「ふざけるな！　だれがこんなババアの弟子になんてなるか!!」

怒りが頂点に達したリュウはイドの返事も待たず、いきおいよくドアを蹴やぶって店をでた。

あわててジゼルが追いかけ、そのうしろにドラゴもつづいた。

ほおづえをついたまま**「✒アウトフレーム」**と、万年筆の呪文でドアをなおしたペタニーが、

「あーあ、若い子いじめちゃって」

と、ニヤニヤ笑いながらイドを茶化した。イドはペタニーのからかいには興味がない様子で、

「ま、あたしゃバカは嫌いじゃない。〈師は己がもとめた時に、自《おの》ずと現れる〉ってね。あいつの性根がこの国の王様にふさわしくなかったら、あたしが引導を渡すまでもなく、あいつの肩の上のちっちゃいのが、あいつを食い殺してくれるよ」

そういうと、イドは山もりバケツパフェの生クリームを、ゆっくりとスプーンですくった。

怒りのおさまらないリュウをなだめ、すかし、おだて、たしなめ、なんとか口を利いてもら

えるようになったジゼルが最後につれてきたのは「魔法使いの寮《マジシャンズ・ルーク》」だった。まさに魔法使いが住んでいそうな高い塔の古城に、リュウは少しだけ機嫌《きげん》をなおした。

「アルカイク魔法学院は、十歳から十八歳のアルケーが八年間在籍《ざいせき》する全寮《ぜんりょう》制の魔法学院さね。最初の二年間はアルケーの基本である『魔法』をしっかり身につけるため、全員が魔法使いの寮に入寮するけれど、三年生になると戦士、恋人、魔法使いの三寮にわかれるから、寮の対抗意識も強くなるんよ。どの寮からでも外を通らずにアルカイクへ行けるのは便利やね」

細身の万年筆をふってジゼルが呪文を唱えると、ギィと重い音をたてて鉄の門がひらいた。庭の花壇《かだん》で薬草（植物の悲鳴が聞こえたのは気のせいか？）をつんでいた寮母《りょうぼ》のブルー・アブソリュートは、リュウを見つけるなり、転がるようにその巨体でかけよって、リュウのほおに歓迎のキスをした。話を聞くと、ブルーおばさん自身も八年間この寮で過ごした「先輩《せんぱい》」だそうだ。

「だって、三年生の時の引っ越しが面倒くさかったのよ。あなたもずっとここにいていいのよ」

どうやら体型と同じく性格もおおらかららしい。リュウは相手の心を読むまでもなく理解した。

寮の玄関と談話図書室をぬけ、支柱のない左側の螺旋《らせん》階段（右は女子寮だそうだ）をあがったリュウは、部屋にかかげられた「RYUNOSUKE SETA」という金のプレートを見て、心臓が飛びだしそうなほど緊張した。ローブの金具と同じアンティークゴールドのノブをまわすと、そこは部屋の中に階段がある、メゾネットタイプの広い二人部屋だった。

「ふーん、いい部屋さね」

「逃げろ!!」

ソファに腰かけたジゼルとクッションの上ではねるドラゴをリュウが背にかばい、姿の見えない敵にいった。

「シャーロックとやらの手先か？　気配を消したつもりでも、心の声までは消せていないぜ。見えるんだよ、お前が物陰《ものかげ》から攻撃しようとしている心の声がな！」

「サトリの魔法!?」

おどろきの声と同時に、氷の矢が部屋のあらゆる方向からリュウめがけて襲いかかった。

「いくら心の声が聞こえたところで、この数の氷の矢はふせげないだろう！」

しかし、目にもとまらぬ速さで拳をくりだしたリュウは、無数の氷の矢をたたき落とすと、姿の見えない襲撃犯に叫んだ。

「ごちゃごちゃうるせーんだよ！　ようはお前をぶん殴ればいいだけだろ!?　……そこだ！」

リュウが、アーチ窓の三重の分厚いカーテンに勢いよく拳をめりこませると、万年筆をにぎりしめ、立ったまま失神している背の高い少年の姿がカーテンのうしろから現れた。

「へ……ガキ？」

吹きだした鼻血をジゼルの魔法で止血されながら、くせの強い赤毛の少年は自己紹介をした。

「オレは恋人の島出身のワット・ヘレネス。お前と同じ新入生で、寮の同室だよ」

リュウは念のためワットの頭の中を読んでみたが、家族や友達のことばかりで、シャーロックとは無関係の様子だった。

「奇数の王様の生まれ変わりがどの程度の実力なのか、ためしてみたかっただけだって」

悪びれる様子のないワットが、リュウの右手のヤケドの痕をチラリと見た。

「なんでそのことを知っているのさ!?」

「いててて！　おい、もうちょっと優しく治療《ちりょう》してくれよ！」

ジゼルの問いに、人はよいがあまり頭のよくなさそうなワットは二人に話し始めた。

「今、学院《アルカイク》はその話でもちきりだぜ。なんせもう一人の『生まれ変わり』が、入学早々派手にやらかしてくれたからな。そいつの名前はレオニダス・N・マズダー。ウワサを聞きつけてからかいにきた上級生の両腕を、レオニダスは炎の魔法で切り落としちまったそうだ」

「切り落とした!?」

「幸い、レオニダスの側近のヒースクリフって銀髪の美形が癒《いや》しの魔法で応急処置して、一命はとりとめたらしいけど、それから『どっちが本物の生まれ変わりだ？』って大騒ぎだぜ」

「どういうことだよ？　王様の生まれ変わりが何人もいるなんて、聞いてなかったぜ!?」

リュウに問いつめられたジゼルは、腕組みをしてウーンとうなった。

「そりゃおかしな話やね。生まれ変わりについては、第一級の秘密事項のはずなのに……」

すぐシン様にお知らせしなきゃ、とジゼルは手紙を書くと、「ヤタ」という三本足のカラスにそれをたくした。窓から飛び立ったヤタは、くわえた手紙ごと黒い雲になって霧散《むさん》した。

「情報は分散すれば解析《かいせき》できない。機密取り扱いの常識やね」

と、ジゼルが仕事をしているスキに、リュウとワットのいい争いが始まっていた。

「ヴェイコーグ・パラケルススも知らないのかよ!?　ケンカ以外の運動したことねえのか!?」

「なんでこの国の名前は、舌かみそうな名前ばっかりなんだよ!?　野球とかサッカーとか、名前は短くしろ！　短く!!」

　メゾネット上階には、リュウとワットの二台のベッドがならべられていた。リュウのベッド脇《わき》には、カバンや教科書など、学院で必要なものが一式そろえられていた。リュウが呪文学の教科書をひらくと、本の上で小さな魔法使いが、

「一番簡単な氷の呪文を教えてしんぜよう。万年筆を相手にむけて、まっすぐ、**「エルサー！」**と唱える。以上！」

と、発音の仕方と呪文の書き方を教えてくれた。

リュウはニヤニヤしながら、バツの悪そうなワットの顔をながめ、

「えるさー！」

と、おろしたての朱色の万年筆をふった。

するとう部屋の中央に巨大な氷柱《ひょうちゅう》が現れて、あわててジゼルに解除呪文で消してもらった。


談話室でリュウを待っていたのは、寮長のキ・エルド・マグラだった。細身長身で前髪の長いキ・エルドは、明日からの学院生活や、寮のルールをリュウに教えてくれた。

「学院へは、寮のぬけ道を通って通うのが一番早い。でも毎月十三日だけはあの世に通じているから、使わないように気をつけろよ。ああ、その古いシャンデリアか？　安心しろ。下じきになれば、十三日まで待たなくてもあの世に行けるぜ」

どこまでが冗談なのかわからない説明を受けたリュウは、夕食後、魔法で火がともされた談話図書室の暖炉《だんろ》前の「特等席」をすすめられた。ブルーおばさんの趣味《しゅみ》か、クラシックな談話図書室のいたるところに、かわいらしい花が飾られている。カウンターごしにブルーおばさんが、

「ココアとエッグノック、どちらがいいかしら？」

と、すすめてくれたが、もう一つがどんな飲み物かわからなかったリュウはココアを注文した。

「もう、暖炉も終わりの季節ね。今年の栄光あるヤドリギはキ・エルドね」

「ヤドリギ？」

キ・エルドは「年度末の感謝祭を楽しみにしてるんだな」と、リュウの質問をはぐらかした。

食事を終えた先輩たちがリュウをかこみ「クラック！」とココアのマグを打ちつけ、魔法使いの寮への入寮を歓迎してくれた。魔法使いたちはよほど人間がめずらしいのか、

「テロスは道具で火を起こすって本当？」

「魔法も使わずに、遠くの人と話す方法があるんだって？」

「ノミより小さい紙で動物を折れるんだろ？」

と、リュウを質問ぜめにし、授業の予習もしてくれた。

「いいか、魔法薬学の授業では、絶対に味見なんかしちゃだめだぞ」

「未来予言術の授業は、絶対に目をつぶっておけ。未来なんて見るもんじゃない」

「それから偉人《いじん》哲学史な。あんなものは絶対に聞くな。おもしろおかしく、楽しく、安全に健《すこ》やかに、不真面目に生きる人生がとざされる」

リュウが談話図書室から解放されたころには、すっかり真夜中になっていた。

「歯磨き？　なんだそりゃ？」

ワットの言葉にリュウは脱力《だつりょく》した。どうやら「理想郷」では、虫歯という病気も存在しな

いらしい。幸いテロスびいきのブルーおばさんが、人間界旅行土産《みやげ》の歯ブラシと歯磨き粉をリュウにわけてくれたので、リュウは一日ぶりの歯磨きを鼻歌まじりに堪能《たんのう》した。

「アルケーって虫歯にならないの？」

「ならなくはないけど、王国一の腕前のオオ医師の予防歯科へ通っていれば、まずまず大丈夫《だいじょうぶ》よ。それでも万が一虫歯になったら、ぬけばいいだけですからね。たったの五秒ですむわよ。ただし闇《やみ》医者だと、人間界のお金にして百万円くらいとられるわ」

「高っ！　たった五秒の治療が、なんでそんなにするんだよ!?」

「一時間かけて引っこぬかれるよりはいいでしょう？」

いつも以上に念入りに歯磨きを終えたリュウは、バフッと音をたてて、新品のシーツの上にあおむけに横たわった。遊んでほしくてまとわりつくドラゴをサッカーボールのように蹴りあげてやると、ドラゴは大よろこびでリュウの足の上ではねた。

となりで寝相悪く眠るワットのいびきを聞きながら、リュウは昼間の会話を回想していた。

ジゼルは明らかに「もう一人の生まれ変わり」の話をさけていた。それはワットの前だったからか？　それとも自分には話せない秘密があるのか？　今、同じ屋根の下にいるはずのレオニダスとやらのライバルの顔を想像しながら、リュウの王国二日目の夜はふけていった。

翌朝、カレンダーが十三日でないことをしっかり確認し、寮のぬけ道から登校したリュウは、当然ながら学院中の注目の的だった。

まわりの好奇《こうき》の目からリュウをかばいながら、寮長のキ・エルドが学院を案内してくれた。そのうしろを制服姿のワットと、制服ではない黒レース服のジゼルもつづいた。

「六年生？　寮長は八年生じゃないのかよ？」

「六年生以上なら寮長になれるのさ。今年は偶然三寮とも、六年生が寮長だ」

アルカディア王国に住むアルケーが通うアルカイク魔法学院。早口言葉かよ、とげんなりするリュウに、キ・エルドは学院規則第何条のうんたらかんたらと説明を始め、リュウの我慢が限界に達する直前、ようやく万年筆の基本ルールを教えてくれた。

「万年筆の絶対ルールは、他の者を傷つけてはいけないということ。そんなに脳の面積を使う話じゃない」

「オレ、昨日寮の部屋にはいった瞬間に襲われたんだけど？」

「まあ、ケガがなくてよかったじゃないか」

よくねえよ、とリュウは心の中で反論したが、「サトリの魔法」が使えないらしいキ・エルドには伝わらなかった。しかし、初めて唱えた魔法がワットより強大だったことが、リュウの鼻を高くさせた。

「じゃあ、オレも授業があるから」

キ・エルドが、リュウの案内をワットとジゼルにまかせた直後、生徒たちがざわつき始めた。

「なんだよ、オレってそんなに有名人なわけ？　さっそくサインかよ」

リュウが調子に乗ると、肩の上のドラゴがローブのフードにもぐりこんできた。

「どうした？」

リュウが声をかけても、おびえた様子のドラゴはフードからでてこなかった。回廊のむこうに現れた二人に、生徒のだれかが声を発した。

「おい、レオニダスとヒースクリフだぜ……」

初めて見る顔にもかかわらず、リュウはどちらがレオニダスなのかすぐにわかった。背の低い方の、目の赤い黒髪の少年の右手に、リュウとそっくりな大きなヤケドの痕があったからだ。

「おいおいおい、赤い瞳、マズダーってまさか……」

「知ってるのか？　ワット」

リュウに問われたワットが、冷や汗をぬぐいながら答えた。

「この王国でマズダー家を知らないヤツなんていないぜ。一言でいえば暗殺一家、殺し屋の一族だ」

リュウとレオニダスの間に、見えない火花が散った。

一触即発《いっしょくそくはつ》の空気をやぶったのは、他の女生徒より制服のエリをきちんとしめた、レオニダスによく似た黒髪の美少女だった。

「お兄様、お待たせしました。あら？　そちらはテロスでいらっしゃるのですか？　感激です！　初めてお目にかかれました！」

そういうと、女生徒は「アイリーン・マズダーです」と自己紹介をし、花がこぼれるような笑顔で、両手でリュウの手をつつみこむような握手をした。毒気《どくけ》をぬかれたリュウに、妹の腕を引いて背後に隠したレオニダスが低い声でいった。

「テロスがアルカディアにいる意味がわからんが……」

「安心しろ、オレもわかってねーよ。でも予言とやらがあったんだろ？　お前もその口か？」

燃えるような真っ赤な瞳で、レオニダスはリュウをにらみつけた。

「賊《ぞく》に追われた母親が、たまたま出産した場所が辺鄙《へんぴ》な東の地だったというだけだ。オレは生まれ変わりなんて信じないが、【影】の力には興味がある」

王様には興味がないと断言するレオニダスにカチンときたリュウが、挑発するようにいった。

「だったら辞退しろよ。オレが立派にこの王国を治めてやるぜ」

リュウの挑発にレオニダスの赤い瞳がゆれた。レオニダスが万年筆を右手に構えると、リュウも拳を顔の高さに構えた。臨戦態勢の二人に、沈黙を守っていた銀髪《ぎんぱつ》の少年が口をひらいた。

「リュウといったね。初めまして。こちらはレオニダスと、双子《ふたご》の妹のアイリーン。オレはヒースクリフ・リガー。生まれ変わりの件ですが、レオニダスは辞退できない立場にあるのです。もちろん王国も、暗殺一家から王様がでることは望んでいません。しかし、奇数の王様の記憶を持ち、予言通りに生まれたのはレオニダスの意思じゃない。それは理解していただけますか？」

長い銀髪にメガネの下の緑色の瞳。リュウやワットと同い年には見えない落ちついた物腰のヒースクリフがリュウにそう説明すると、女生徒の黄色い声が遠まきにあがった。

「辞退できない理由って？」

ひとまず拳をおさめたリュウの質問に、当のレオニダスではなく、ヒースクリフが答えた。

「レオニダスが成人前にその責務を放棄したら、王国の軍隊が容赦なくレオニダス家を滅《ほろ》ぼすという契約《けいやく》になっているのです。そういう時のための戦士の軍隊ですしね」

「ヒースクリフ、余計なことをいうな。オレはあんな家がどうなろうと知ったことじゃない。しかし、そんな連中に一生つけねらわれるのも、うっとうしいだけだ」

レオニダスが無意識に、背後の妹をローブでかばったように見えた。

「そうですね。生かさず殺さずはあなたの一族のお家芸ですしね。この間死んだ爆弾魔《ばくだんま》は、十七年飼い殺したんでしたっけ？　最高記録じゃないですか」

「だまれ。お前は事実だけを、オヤジや元型のクズどもに報告していればいいんだ」

レオニダスの炎のような赤い瞳を、風のように涼《すず》やかな笑顔でヒースクリフは受け流した。

「ということで、オレたち仲よくなれそうですね」

そういうと、ヒースクリフたち三人はその場を去った。三人の背中を見送るリュウのフードの中のドラゴだけでなく、ワットも自分のヒザが震えるのをとめられなかった。

「な、なんなんだあいつら……。あのレオニダスってチビもそうだけど、あの銀髪の野郎、なんつー底知れぬ魔法力を持ってやがるんだよ……」

手の甲《こう》でヒタイの冷や汗をぬぐうワットに、ジゼルは神妙な面持《おもも》ちで答えた。

「ワット、それがわかっただけ上出来だよ。ある意味、レオニダスよりヒースクリフの方がタチが悪いやね。あの銀髪を見てすぐにわかったよ。彼はこの王国で一番古い家系の一つ、リガー家の末裔《まつえい》だよ。マズダー家が王国の裏世界の支配者なら、リガー家は表の支配者やね。『正統』ほど、強大で厄介《やっかい》なものはないってね」

「リガー？　どっかで聞いた……。あー！　オレをこの世界につれてきた、ウソつき銀ヒゲジジイ！」

その言葉に、ジゼルはあらん限りの力でリュウの頭をひっぱたいた。

「バカ！　リガー様をそんなふうにいうんじゃないよ!!　先の大戦の生き残りのあの方こそ、今の王国を再建させた英雄なんだよ！　それまでの世襲《せしゅう》制による元型継承《けいしょう》もやめさせ、名前の通り理想郷《りそうきょう》というアルカディアを作った方なのさ」

「暗殺一家を野放《のばな》しにしている時点で、理想郷もへったくれもないと思うけどな」

リュウのもっともな意見に、グッと答えにつまったジゼルは、苦しまぎれの説明をした。

「……理想郷の完成には、まだまだ時間はかかるってことさ。あんたと同じ十歳ってことは、ヒースクリフはキュア・キーン・リガー様の、ご兄弟の、ひ孫のひ孫あたりだね」

「あのジイさん、いったい何歳なんだよ!?」

「だから！　口をつつしみなさいって!!　……リガー様が、身内のヒースクリフと対立するあんたの後見をかってでられたのは、どうしてだと思うかい？」

「？　なんだよ、それ？」

リュウは「後見」という、初めて聞くジゼルの言葉に首をかしげた。

「生まれ変わり候補には、元型が見守り役につくのが大昔からのルールなのさ。偽物をたてたり、対立候補に殺されたりしないためにね。あんたとレオニダスに候補がしぼられた時、リガー様は最初レオニダスの後見になる予定だったのさ。でもレオニダスとヒースクリフは幼なじみだから、自分がレオニダスの後見になるのは公正じゃないって。シン様とあんたの後見をかってでられたばかりか、テロス嫌いのシャーロック様と、戦士のニライカナイ様をレオニダスの後見に指名したのも、リガー様なんだよ。あとの二人の元型、恋人のローゼリア様と魔法使いのボルヴァァ様は中立さね」

どうりでシャーロックって陰険な魔法使いと、女戦士のニライカナイは、自分に対して攻撃的な態度なわけだ。ジゼルの話にリュウは合点《がてん》がいった。

「王様の候補が人間と殺し屋。どっちが王様になっても、この王国の連中は気に食わないってことだな。……おもしれえ！」

リュウは心底楽しげに、自分の拳をパシッと鳴らした。

第4章

八人の元型

王様候補2人⁉

殺し屋とテロス 我々はどちらを選ぶ⁉

「なんなのこの記事！　だれが書いたのよ！　ああもう、機密事項だっていわれてるのに‼」

宅配カラスのヤタが教室にまいた号外新聞をひったくったジゼルは、記事の署名欄《らん》を目で追った。


秘密とは、だれもが知っていることである。吟遊詩人ペタニー

「あんたねー、ワット‼　さっきの話、新聞に売ったでしょう！」

女とは思えぬ怪力《かいりき》で、ジゼルは背の高いワットの胸ぐらをつかんだ。

「売ったなんて人聞き悪いな！　オレは、王様候補の同室という歴史的立場から、アルケーたちに真実の姿を……」

「じゃあてめえは、オレの寝言《ねごと》やいびきや屁《へ》の回数まで、新聞にタレこむつもりかよ？」

リュウの拳が、ワットの顔面をこれ以上ないほどの「美形」に変えた。


途中入学のリュウに入学式も入寮式もなかったが、幸い授業は始まったばかりだった。

人間界の教科でいえば、「戦士の授業」が体育や技術といった体を使う授業、「恋人の授業」が国語、家庭科、道徳、美術の心の授業、「魔法使いの授業」が算数、理科、社会などの頭を使う授業だった。

人間界では「煙突《えんとつ》とアヒル」がならぶ、超《ちょう》低空飛行の成績表のリュウだったが、アルカイクでの成績は抜群だった。

中でもリュウがみんなの度肝《どぎも》をぬいたのは「戦士の授業」だった。

街で見かけたヒモのついた木のボードは、サーフボードのように両足で乗る「空を飛ぶ道具」と教わったリュウは、ヒモを右手で持つと、エン・ノ・オヅヌ先生の注意も聞き終わらぬうちにボードに飛び乗って、瞬《また》く間《ま》に空へ飛び立ってしまった。

真っ青になったオヅヌ先生があわてて自分のボードで追いかけたが、海辺で育った足腰と、ケンカで鍛えた体力は伊達ではなかった。リュウは高速でオヅヌ先生の追撃《ついげき》をかわすと、湖と木々の緑にかこまれた、無数の塔がそびえる巨大なアルカイク魔法学院を上空から堪能した。

「なにを考えているんだ!!」

地上に降りたリュウはオヅヌ先生にこっぴどくしかられたが、初めての授業で、しかも「初ボード」で見事に飛んでみせた未来の王様に、同級生たちはおしみない拍手《はくしゅ》を送ったばかりか、

「カレイキニって呪文カードを使えばもっと速く飛べるぜ」

と、耳打ちする「信奉者」まで現れる始末だった。

「なあ。お前は空を飛べるまでに、どれだけかかったんだよ。なあ!?」

調子に乗ったリュウにヒジでこづかれたワットは、指を折りながら数を数えた。

「三基……半、だったかな?」

今後、ワットの近くでは絶対に飛行訓練をしないと心に決めたリュウだった。


リュウは飛行センスだけでなく、魔法のセンスもすぐれていた。壁や空に絵を描いて実体化する「アジタカーハ（害虫魔法）」や「タイゲンソウフ（着色呪文）」はワットにはかなわなかったものの（ワットは顔に似あわず「恋人の魔法」が得意だった）、「ミッドガルド（爆発の魔法）」「ヘルハウンド（発射弾《はっしゃだん》）」「ディフレーム（武器破壊《はかい》）」という攻撃系の「戦士の魔法」

は、学年トップだった。しかし「バカ判明の魔法道具」の実験体になるのだけは遠慮《えんりょ》した。

呪文は「魔法カード」という形で配布され、「インフィニティ」と発音する∞のマークが大きく表紙に刻印された本型のバインダーに収納するよう教えられた。

「レベルでわけると見やすいぜ」と、ワットが教えてくれたのは、

𝕬　わかる、使える、教えられる
𝕭　名前は知っている
𝕮　記憶になし
𝕯　今後教わる予定、要予習
𝕰　危険魔法、学習不可

といった、五段階のレベル別収納法だった。

リュウが「ブルジュハリファ（飛行呪文）」のカードを手にすると、インフィニティは意志を持ったように𝕬のページをひらいた。収納されたページを見たリュウはニヤニヤして、横に座った「𝕭だらけ」のワットに、そのページを見せびらかした。

「大切なのはバランスです。戦士の魔法だけ強ければよいというわけでなく、恋人の魔法ばか

り上手《じょうず》でもいけません。バランスをとりながら使える魔法を増やしていくのです」

と、教壇《きょうだん》のオーボー教授は説明したが、インフィニティ収納の魔法カードの自慢大会に熱中していたリュウとワットの耳にはとどいていなかった。オーボー教授が無言で万年筆をふると、ワット唯一のAランクだった「タイゲンソウフ」は「×」と鎖でロックされ、ご丁寧《ていねい》に「一週間使用不可」という封印までされた。

「ザマーミロ！」

とワットを指さして茶化したリュウの「ミッドガルド」も、三秒後に同じ運命をたどった。


心や感情の魔法について学ぶ「恋人の授業」は、笑いあり涙ありの、バカバカしいまでに楽しい授業だった。

「おい、見ろよ！　感情を感じさせない魔法薬を完成させたぜ！」

「本当かよ!?」

「本当だとも。その証拠に、こんなにうれしくないことといったら！」

そんな優秀な先輩たちの横で、「ムイッズ」で購入《こうにゅう》（？）した蠟色漆の万年筆にインクを注入していたリュウを、六年生のキ・エルドたちが「魔法のウソ発見器」に座らせた。

「お前がいつも考えていることを、なんでもいいからしゃべってみろよ」

「えー、私こと瀬田龍之介《せたりゅうのすけ》は、みんなと仲よく生きる、暴力のない世界を愛しております」

「ブーブーブー」と激しく鳴るイスに、上級生たちは腹をかかえて笑った。

次は、見事な黒髪をゆらしたアイリーンがそのイスに座らされた。

「私ことアイリーン・N・マズダーは、お兄様の身長がのびることを祈っております」

兄のレオニダスとは正反対に、アイリーンはなかなか冗談の通じる女の子だった。「ブーブーブー」と鳴るイスに、リュウの時以上の大爆笑《だいばくしょう》がまき起こった。

「さて、次はオレ様だな。えー、私ことワット・ヘレネスは、いつも考えております」

「ブーブーブー」

「おい！　まだなにもいってねえだろ！」

「お前が『いつも考えている』ってことが、すでにウソだってよ！」

リュウのコメントに、みんな涙を流して大笑いした。


飛行や魔法の成績は抜群のリュウだったが、一番の難関は「言語学」の授業だった。

アルカディアの言葉どころか、人間界の言葉もよく理解できていないリュウのレポートに、キッセンジャー教授は、

「この程度か！」

と、怒鳴りつけた。一生懸命《けんめい》やったつもりがレポートの再提出を命じられ、さらに練りなおして提出したのに、

「お前の一生懸命はこの程度か！」

と、再度怒られた。

「もうこれ以上はできねえよ！」

と、リュウがパピルスのレポートをたたきつけると、

「じゃあ、そろそろ読もうか」

と、キッセンジャー教授はリュウのレポートに目を通した。

問題「I go to Tokyo.（私は東京へ行く）」を過去形にしなさい。
解答「I go to Edo.（私は江戸へ行く）」

「サトリの魔法」についても学んだ。

「エクスポージャー」は相手が頭で考えたことを見る魔法、「キャリブレーション」は相手が心で思ったことを見る魔法であり、この二つは似ているようでまったく違う魔法と習った。頭で考えたことを変えるには言葉による魔法が有効で、感情を変えるには肉体に作用する魔法が

有効とも教わった。

ずっと他人に隠してきた「悪魔の能力」が、こちらの世界では普通の魔法でしかないことを知り、リュウの心は少し軽くなった。


大聖堂のような教室の高い天井の窓には、色あざやかなステンドグラスがはめられていた。「歴史学」の教科書をさがしているリュウの耳に、天井でクスクス笑いをしている幽霊たちの声が聞こえた。

「目をあわせるな、つれて行かれるぞ」

うしろに座ったワットに注意されたリュウが「どこに？」とたずねようとふりかえると、最後列で机に足をかけたレオニダスの姿が見えた。レオニダスの行儀《ぎょうぎ》の悪さをたしなめるヒースクリフがリュウの視線に気づき、軽く頭をさげた。

ギギギときしむ音とともに、教室のアンバーの扉がひらき、頭の上で長い髪をチョココロネのように結った、いかにも「魔法使い然」とした半月メガネのグエンディーズ女教授が、長い帯を引きずって教壇にあがった。

「では、教科書の四巻をひらいて」

生徒がいっせいに巻紙をほどくと、教室いっぱいに古代の風景が現れた。

「これからあなたたちが学ぶのは、元型物語、この王国の創世記です」

　すると、原始的な戦いの風景が絵巻物のように流れ、勇壮《ゆうそう》な音楽とともに初代の王様や、連綿《れんめん》とつづく元型たちの系図が壁一面に現れた。自然豊かな王国が、戦いと文明の発展によって建国されていき、気の遠くなるような王国の歴史の最後に、リュウが泊まった宮城《きゅうじょう》の建物と、王様たち八人の元型の顔が映しだされた。シンの男らしくかっこよい外見と対照的に、シャーロックの顔は暗く陰気だった。初めて見る女王様は、王様と同じくらいの年齢と思われる、黒髪の優しげな初老の女性だった。

「アルカディアには、戦士省、恋人省、魔法使い省、王様省の四つが設置され、そのトップの八人を元型とよぶことは、前回お話ししましたね？」

　リュウは首をかしげたが、グエンディーズ教授はリュウを無視して授業をつづけた。

「元型とは役職名だけではなく、すべてを構成する四つの側面の名前でもあります。戦士とは肉体、恋人とは心、魔法使いとは頭、王様とは魂です。健康な肉体がほしい者は？」

「はーい！」

　教室からパラパラと手があがった。

「その程度の声で、健康な肉体が手にはいると思っているのですか!?」

　グエンディーズ教授の突然の大声に、ガタガタと姿勢を正すイスの音が教室中にひびいた。

「健康な肉体がほしい者は!?」

「はい!!」

生徒たちの指先が、ピーンと天井をさした。

「異性にモテたい者は!?」

「はい!!」

「お金がほしい者は!?」

「はい!!」

「存分な時間がほしい者は!?」

「はい!!」

「他にほしいものがある者はいってみなさい」

教室がシン……と静まりかえり、だれの手もあがらなくなった。

「四つ、この四つなのです。アルケーであっても、テロスであっても、ほしいものはこの四つだけ。テロスはこの四つをもとめていることを知らず、無駄に苦しんでいます。魔法も使えない。姿形は似ていても、哀《あわ》れとしかいいようのない生き物です」

グエンディーズ教授の冷たい目が教壇からリュウを見おろした。どうやらこの教師もテロス嫌いのようだ。

そういえば万年筆職人のオサが「ワシは変人だからテロスを差別せんよ」といっていたっけ。リュウは差別を受けることをよしとはしなかったが、グエンディーズ教授のいうこともももっともだと思った。人間界には「女にモテる授業」や「金もうけの授業」なんて、気の利いた授業はない。

――ほしいものは四つ――

リュウは生まれて初めて、勉強をおもしろいと思った。

「王様だけは生まれ変わりで選ばれますが、それ以外の七人は議会が選びます。よび名こそ『王様』ですが、基本は八人による議会制、つまり何事も原理原則を中心にした話しあいで決められます」

グエンディーズ教授が万年筆をふると、教室に王国の省庁の説明が映しだされた。

戦　士　省＝軍隊庁、警備庁、森林庁、飛行庁
恋　人　省＝外交庁、男女庁、芸術庁、人間界庁
魔法使い省＝詐欺《さぎ》庁、銀行庁、変身庁、魔法薬庁
王　様　省＝資源庁、宮城庁、時間庁、感謝庁

「あなたたちはアルカイク魔法学院を卒業すると、各省庁に関係した仕事につきます。体を使う魔法が得意な者は戦士省に、芸術分野が得意な者は恋人省に、研究や商売が得意な者は魔法使い省に。王様省への入省は、各省庁のトップと選ばれし者だけです。さらに、各省庁の最高位が八人の元型です」

省庁名と聞いて、アルケーたちが「恋人」という言葉を普通に使える神経を、リュウはやっと理解した。それにしても、シンやリガーのジイさんはそんなに偉いアルケーだったのか……。オレだって、知らないヤツに王様をそんな風にいわれたら怒るよな。ピントがあんなに怒っていた理由も、リュウは今になってようやくわかった気がした。

オークの巨柱《きょちゅう》にかこまれた教室に流れる映像が、ドーム型の立派な建物に変わった。

「元型たちの諮問《しもん》機関、つまり八人の議会の相談役として、元《もと》元型で構成された元老院《げんろういん》もありますが、今は名前だけの存在です」

「なんで？」

その声に教室中の視線が集中した。グエンディーズ教授はまるで汚《けが》らわしいものでも見る目つきで、声の主であるリュウを教壇から見おろした。しかしすぐさまリュウの「身分」を思いだし、教師として説明の義務を感じたのか、コホンと小さな咳《せき》ばらいをしてリュウにむきなおった。

「十三年前の大戦で、キュア・キーン・リガー様と女性の魔法使い以外、六人すべての元型が死んだためです。それほど壮絶《そうぜつ》な戦いでした。女性の魔法使いは大戦後に行方不明になり、リガー様は引きつづき元型の位にとどまられたため、元老院は今は無人の組織です」

「その『大戦』って、だれとだれが戦ったんだ？」

鼻の下に万年筆をはさんだリュウの何気《なにげ》ない質問に、教室中がざわついた。教授はもう一度コホンと軽く咳ばらいをすると、半月メガネの下からリュウの目をまっすぐ見て答えた。

「リュウノスケ・セタ、……あなたはテロスですから知らないのも無理はありません。かといってアルカディアで暮らす以上、知らないですむ話でもありませんのでお教えしましょう。〈知は力〉、正しい知識を持つことは勇気でもあります」

テロス嫌いで有名らしいグエンディーズ教授の神妙な態度に、他の生徒たちはさらにざわついた。手を頭のうしろに組んだレオニダスだけがフンと鼻を鳴らして、退屈そうにそっぽをむいた。

「数千年前、この王国は一人の勇者によって建国されました。この物語は知っていますね？」

それだったら仙酔島でシンに聞いたし、今も映像で見たばかりだ。リュウは軽くうなずいた。

「その時に戦った相手の名は【影《シャッテン》】といいます。しかし名をよぶことは、相手に力をつけるため、我々は通常【影《かげ》】とよびます。アルカディアの歴史は【影】と元型たちとの戦いの歴史といっても過言ではありません。メガ大戦やギガ大戦など、過去にも何度か大きな戦いがありましたが、十三年前のテラ大戦は、言葉にするのもはばかられるほど壮絶な戦いで、奇数の王様が命と引きかえに【影】を八種の秘宝《レガリア》に封じることで、終戦となりました。

八種のレガリアとは、戦士の槍《やり》と盾、恋人の皿と布、魔法使いの金貨と古文書、王様の宝石と璽《じ》……印章《いんしょう》です。今は女王様がこの封印を守っておいでです」

眉根をよせたリュウは、疑うように話の矛盾《むじゅん》点を指摘した。

「その【影】とやらの目的はなんだよ？　王国をのっとりたいだけなら、何千年も戦ってる必要はないんじゃねえの？」

リュウの洞察《どうさつ》力に舌をまいたグエンディーズ教授は、今度は咳ばらいの代わりにため息をついて、リュウの質問に答えた。

「……いいでしょう、お話しします。【影】の目的は、この王国を死の世界とすること。二度と生ある者がいない世界にすることが目的です。アルケーだけではなく、あなたたちテロスも、動物も虫も植物も、すべて死で覆いつくすことが目的なのです」

「なんだそりゃ!?　そんなの認められるかよ！」

怒りにまかせて立ちあがったリュウに、教授は「おお……」と手で口を覆った。

「『認められるわけがない』……奇数の王様の口ぐせでした。しかし【影】は死そのもの。殺すことができません。封《ふう》じることしかできないのです。……リュウ、私はあなたをただのテロスと見くびっていました。もしかしたらあなたこそ、本物の奇数の王様の生まれ変わりかもしれませんね」

静まりかえった教室に、レオニダスとヒースクリフの姿はすでになかった。

リュウがアルカディア王国にきてからあっという間に三ヶ月がすぎ、アルカイク魔法学院も夏の色濃い七月を迎えた。

夏休み直前に期末テストがあると知ったリュウだったが、

「魔法学院のテストにカンニングは通用しないぜ」

と、寮長《りょうちょう》のキ・エルドに先手を打たれた。

それならばと、リュウは「イッアムナー（記憶力アップの魔法）」をワットとかけあってテストにのぞんだが、リュウはワットの顔のホクロの数をおぼえ、ワットはリュウのまつ毛の本数を記憶しただけだった。

学期末最後の終業式の日、期末テスト上位成績者がアルカイクの講堂にはりだされた。一学年のトップはヒースクリフとアイリーンの満点同点一位だったが、レオニダスの名前がなかったことに、自分たちの成績は棚にあげ、リュウとワットは肩をたたきあってよろこんだ。

その日の午後、寮にもどったリュウに、三本足カラスのヤタが一通の招待状を届けた。それはこれから行われるヴェイコーグ・パラケルスス年度末大会の前哨《ぜんしょう》戦招待状だった。

「これから!?」

「きっとあんたも夢中になるよ。見に行ったら？」

と、ジゼルからもすすめられたリュウは、返事をする間も与えられずに、ワットに引きずられるように海辺の競技場《コロッセオ》へつれていかれた。

舌をかみそうな長い競技名を略さないことが「通《つう》」というワットの説明によると、ヴェイコーグ・パラケルススとはアルカイクの一年生から八年生のうち、三年生以上が出場できる寮対抗の競技で、相手を死にいたらしめる魔法以外は基本的に「なんでもあり」。使ってよいのは万年筆ともう一点の二点のみ、その年によって空飛ぶボードだったり魔法薬だったり異なるそうだ。毎年、水さしの形をしたトロフィーをかけて戦う肉弾戦で、プロチームもあると、ワットはリュウに教えた。

さらにプロアマ共通して、その年の優勝チームが翌年のゲーム内容を決められるというルールがあり、それが先の読めない展開への期待をあおる、数百年間アルケーを魅了《みりょう》しつづける競技であるとのことだった。

屋根のない巨大な石造りのコロッセオは、全校生徒が集まっているのではないかと思われるほどの熱気をおびていた。生徒のみならず、教授たちもウズウズした様子で、開始を今か今かと待ちわびている様子だった。

オヅヌ先生のボディチェックを受ける選手たちの左手には、今回の「規定道具」である空飛ぶボードのヒモがにぎられ、右手に装着した競技用特殊革グローブに、それぞれの万年筆が固定された。

今日は一キロメートル先の山で折りかえし、どれだけ早く帰ってこられるかを競うレースだと、鼻息を荒くしたワットがリュウに教えてくれた。

耳をつんざくドラの音を合図に、燃えるような赤と緑の戦士の寮《ウォーリアーズ・ルーク》、深い青に桃色の恋人の寮《ラヴァーズ・ルーク》、紫に黒の魔法使いの寮《マジシャンズ・ルーク》の選手たちが、それぞれのチームカラーのローブを身にまとい一斉《いっせい》に空に飛び立った。そして号砲《ごうほう》とともに各チーム四人ずつ、計十二人のチーム戦が幕を開けた。

その迫力といったら！

水の煙幕《えんまく》で他チームの視界をさえぎる恋人チーム。それを魔法使いチームは風の魔法で一《いっ》瞬《しゅん》にして吹き飛ばした。たがいに一歩もゆずらぬ白熱した魔法の攻防《こうぼう》が、全校生徒の見守る空の上でくりひろげられた。

そして試合は、体格のよい戦士の一人が集団をぬけたところから急展開を見せた。

山を折りかえして猛《もう》スピードでもどってきた仲間をゴールさせるため、戦士チームは二人タッグで「ヘルハウンド」を唱え、炎の球を他のチームに放射しつづけた。

それを空中でかわした魔法使いの一人が、待ち構えていた戦士の伏兵《ふくへい》に、丸太のような二の腕で打ち落とされた。仲間を助けに魔法使いチームが急降下し、それに気をとられた恋人チームのフォーメーションが崩れた。そのスキを見のがさなかった戦士チームのキャプテンが猛スピードで仲間の間をすりぬけ、右手をたかだかとあげゴールした。そのあざやかな戦士チームのチームプレイと、キャプテンのボード使いの美技に、コロッセオは割れんばかりの拍手と歓《かん》声《せい》につつまれた。

「すげえ……」

「だろ!?」

ただ名前が長いだけの競技とタカをくっていたリュウだったが、一目で競技の虜《とりこ》になってしまった。

寮への帰り道、ワットに根ほり葉ほり競技についてたずねるリュウに、とりまきらしい男子生徒の集団を率いた、たくましい体格の男子生徒が近づいてきた。

「ガ……ガスだ。ガスだぜ、おい！」

ワットは震える声で、その男子生徒が先ほど一位でゴールした戦士の寮の寮長だとリュウに教えた。ちょっとシンに似た外見の男らしい体型のガスは、白い歯を見せてリュウに笑いかけた。

すると今度は、童話の王子様と見間違う、金髪に青い目をした美形の男子生徒がリュウの前に現れた。こっちはキャーキャー騒ぐ、黄色い声の女子生徒の集団を引きつれていた。ワットによると、二位でゴールした恋人の寮の寮長、セージとのことだった。

「リュウ、君の飛行技術のウワサは聞いている。ちょっとオレたちにも見せてくれないか？」

ガスはそういうと、競技用の空飛ぶボードをリュウの目の前にさしだした。

授業用のそれとはあきらかに違う美しい木目と光沢に、リュウは目を輝かせた。先ほど最下位だった魔法使いの寮の寮長キ・エルドがとめるのも聞かず、ボードのヒモを右手でつかんだリュウは、いきおいよく宙に浮いたボードに飛び乗った。

「ヒモから手をはなすのが不安なら、片ヒザをついてから手をはなしたらいい」

そんなガスのアドバイスを無視し、リュウはポケットに両手を入れたまま宙返りをしてみせた。

「天才だ！」

抜群の飛行センスを見せたリュウに、寮長たちは手をたたいて、おしみない賛辞をおくった。

ガスとセージは「二年後の自寮《じりょう》へのスカウト」と目的を隠さず、マーリン横丁の喫茶店《きっさてん》にリュウをさそった。リュウはワットも一緒《いっしょ》でよいかたずねると、二人の寮長は、

「もちろん！」

と、極上の笑顔を見せた。その笑顔に失神する女生徒たちが続出した。


「戦士の寮」のガス・ザッカーバーグ、「恋人の寮」のセージ・オフィシナリブリス、「魔法使いの寮」のキ・エルド・マグラの寮長たちは、三人とも十六歳の六年生とのことだった。

「寮《ルーク》」とは、大昔の大戦の時、寮の建物がチェスのコマのように王様《キング》を最後まで守る役目をしたことから、その名がついたらしい。

「だったら戦士のオレたちだけが、ルークを名乗っていいはずだけどな」

と、胸をはるガスに、

「キングを守る役目なのに、序盤では役にたたないけどね」

と、セージは美しい顔で笑った。

「サマーディ」と看板のかかった喫茶店には「テロスと同席のアルケー半額」とはり紙があったが、寮長たちはリュウがテロスということを忘れているように、ヴェイコーグ・パラケルススのおもしろさ、プロチームについて、競技で使う道具や魔法の魅力、自分たちの寮にはいることのすばらしさなど、熱に浮かされたように語った。

同じテーブルをかこんだ五人の中でも、一番の「高熱」に浮かされていたのは間違いなくワットだった。緊張してなにも話せないワットは、クセの強い自分の髪の毛を無意識にもてあそんでいた。

「君の特徴《とくちょう》のある赤毛……、見たことあるんだけど。もしかして君、お姉さんいる？」

アイスショコラの乗ったテーブルの端を握《にぎ》りしめたワットは、憧れのガスに話しかけられ、はげしく頭を上下させた。

「ジュ、ジューール・ヘレネスのおお弟の、ワワワワ、ワットです！　姉からあなた様のおおおウワサは、か、かねがね！」

「ワワワワワット君。君のご両親は、君の名前を決める時にずいぶん緊張していたようだね」

レモネードのストローを口にくわえたまま、キ・エルドは、他寮の寮長であるガスにシッポをふるワットに毒を吐いたが、ワットにはなんの効き目もなかった。ワットが何者なのかわかったガスが、うれしそうに手をたたいていった。

「ジュール先輩の弟か！　なつかしいなあ。先輩には、卒業後にヴェイコーグ・パラケルススのプロ選手になるかどうか進路で悩《なや》んでいた時に、背中を押してもらった恩があるんだよ。その時オレはまだ三年生だったけどね。もちろんワット、君は三年生になったら戦士の寮へくるんだろ？」

ワットはキ・エルドの目の前にもかかわらず、二年後に戦士の寮へ入寮することをこの場で宣言してガスを大いによろこばせ、同時にキ・エルドの失望をかった。

リュウは競技についての会話はまったく理解できなかったが、生まれて初めて体験する、年上の男子たちと語りあう時間を、心の底から楽しんだ。

しかし楽しい時間はいつか終わりがくる。

二人の客が「サマーディ」のドアを開けた途端、店の空気が凍《こお》りつき、店主のイチジュをはじめ、店内のアルケーたちがザワザワ騒ぎだした。リュウはその二人の客の顔を知っていた。春にジゼルに紹介されたイド師範と、自称・吟遊詩人のペタニーだった。リュウの存在など眼中にもないイドがあいている席に座ると、店内は水を打ったように静まりかえった。

イド師範はメニューも見ずに、腹のでた赤ら顔のイチジュに注文した。

「悪魔のスイーツ」

「は、はい！　ただいま!!」

まさに魔法のような速さでスイーツが提供されると、イドは「いただきます」と手をあわせたきり、無言で食べつづけた。食べ終わると、また違うメニューを注文した。それがくりかえされる間、店員だけでなく、客も一言も発しないまま、その光景を固唾《かたず》を飲んで見守った。

どれくらいの時間がたったのだろうか。イドがテーブルに多めの代金をおいて席を立った。

「ウワサ以上のうまさだった。ごちそうさん。またくるよ」

ペタニーがイドの言葉を書きとめると、店の壁という壁、天井という天井に「サマーディ」の絶賛記事が魔法ではりつけられ、店員たちは大歓声をあげた。

「やった！　イド様がうちの店にきてくださった！　しかも、あんなおほめの言葉までいただけようとは!!　みなさん、今日はお祝いです！　お好きなものをお好きなだけめしあがってください!!」

リンゴのように顔を真っ赤にしたイチジュが両手をあげて叫ぶと、客からも大歓声があがった。

この店は、組みあわせの種類の豊富さがウリのようで、マカロンアイス、クリスピーワッフル、エクレアモンブラン、フローズンスフレ、ドーナツヨーグルトなど、宝石のように美しいスイーツが、リュウのテーブルにも山のようにならべられた。

仙酔島にいたときは、生クリームが乗った食べ物なんて縁《えん》のなかったリュウだったが、タダなら遠慮はいらないとばかりに、腕まくりをしてイドが注文したのと同じ「悪魔のスイーツ」にいどんだ。淡雪《あわゆき》のようなコットンキャンディをスプーンで崩し、中からでてきたメイプルシロップがけのラズベリーを一口含んだリュウは、そのあまりのおいしさにスプーンをとり落としてしまった。

「おいイチジュ、新入生があまりのうまさに腰をぬかしたぜ！」

キ・エルドの一言は、お祝いムードの店内をさらにもりあげた。はずかしい一面を見せてしまったリュウは、両手で持った長靴《ながぐつ》型のビアマグで顔を隠しながら話をそらした。

「それにしても、あのバアさん。そんなに影響力があるのかよ？」

その一言に、今度はキ・エルドたちがスプーンをとり落とした。

「お前……、口の利き方に気をつけろ！　イド様は王国最強の魔法使い、その実力は元型の方々をもしのぐといわれているんだぞ！　……って、なんでお前がイド様を知ってるんだ？」

「あの物書きのにーちゃんのところで紹介された。殴りかかったら、反対にひどい目にあわされたんだぜ、チクショー。あのババア、いつか絶対にやりかえしてやる」

その一言に、三人の寮長たちは思いだしたようにため息をついた。

「そうだった。お前、奇数の王様の生まれ変わりだったんだっけな。すっかり忘れてた」

「なにやらおもしろそうなお話ですね。同席してもいいですか？」

声の主は、長い銀髪をゆらしたヒースクリフだった。一瞬、警戒の色を見せたリュウにヒースクリフは、

「嫌だなあ、偵察《ていさつ》とかじゃありませんよ」

と、恋人の寮の寮長セージ顔負けの、美しい顔でほほえんだ。

約束通りヒースクリフは、レオニダスや生まれ変わりの話をするでもなく（ヒースクリフとレオニダス兄妹《きょうだい》が寮住まいでないことは、キ・エルドとの会話に少しでたが）、テーブルの五人全員と、終始ヴェイコーグ・パラケルススの話題でもりあがった。優男《やさおとこ》の外見に似あわず、ヒースクリフはヴェイコーグ・パラケルススの戦略論の知識や、実際の試合経験も豊富だった。

「お邪魔《じゃま》しました」

と、席を立とうとしたヒースクリフを「ちょっと」とセージが腕をつかんで引きとめた。せまい店内で美形二人が見つめあう姿に、店内の半数の女性客が失神した。

「君の唱えたキミア……癒しの魔法は、切られた腕を元通りに治せるほど強大な魔法だそうだね。それはリガー家秘伝の、なにか秘密があるのかい？」

ヒースクリフは丸メガネを右手の中指で軽く持ちあげると、うすく笑ってセージに答えた。

「それは、企業秘密です」

満腹になったリュウたちが寮へ帰ろうとすると、なにやらいい争う声が路地裏から聞こえた。聞こえたといっても、それはサトリの魔法を使えるリュウにだけ聞こえた声だったが。

「悪い、先に寮に帰っててくれよ。ちょっとオレ、いろいろ見ていきたいから」

「マーリン横丁はいたずら幽霊が多いからな、あの世につれて行かれる前に帰ってこいよ」

ワットとキ・エルドのあくどい忠告に軽く手をふって、リュウは「声」のする方角に走っていった。

横丁の吊《つ》り看板に、夜間配達のコウモリが激突《げきとつ》する音を聞いたリュウは、骸骨灯籠《どうろう》に隠れて「声」の話す内容に耳をすませた。

「封印の一角がやぶられたのを、王国の民《たみ》に知らせないつもりか!?」

間違いない、それは自分を仙酔島に迎えにきたピントの声だった。そして相手の男の声も忘れるはずがない。自分を生け贄にしようとした元型の一人、陰湿《いんしつ》な魔法使いのシャーロックだった。

「口をつつしめピント。いくら大昔の学友とはいえ、今の私とお前では立場が違う」

相変わらず陰気くさい前髪のシャーロックの「命令」に、グッと言葉をのみこんだピントは、嫌味《いやみ》なほど丁寧な言葉遣いでシャーロックにたずねた。

「……ではシャーロック様。やぶられた女王様の封印を、このままにしておくおつもりですか？」

育ちすぎたカカシのように背の高いシャーロックは、なんの感情も持ちあわせていないかのような表情で、自分以上に青白いピントの顔を見おろしていった。

「それは王様はじめ、元型の八人全員が知っていることだ。お前が口をはさむ問題ではない」

たまりかねたピントは、青白い顔を真っ赤にしてシャーロックにつめよった。

「オレは知っているんだぞ！　お前があのテロスを生け贄として【影】にささげようとしていることを！　お前は【影】の力を手に入れて、王国をのっとろうとしているウワサがあることもな！」

シャーロックはヒタイにかかった長い前髪を指で左右に開けると、氷のような冷たい目でピントを見すえた。

「くだらんウワサにすぎない。それを他言するようなら、お前の命もないと思え。お前の大事な大事な王国の平和のためにな」

リュウはマーリン横丁のはずれまで息を殺して走った。

ジゼルに教えてもらった宅配カラスの「営業所」にたどりついたリュウは、今聞いた話をシンとリガーに伝えようとヤタに伝令をたのんだ。しかし営業時間外だという受付ヤタは、リュウの申し出をキッパリ断った。

「なんなんだよ！　王国の危機だぜ!?　オレ、奇数の王様の生まれ変わりだぞ!?」

リュウの暴言に、営業所の奥から現れたサングラス姿のヤタの頭領は、その三本足でリュウの顔をバリバリバリッとひっかくと、リュウをドアからしめだした。営業所の外に転がされたリュウの背中には、ご丁寧に「オトトイオイデ」と、はり紙までしてあった。

「バカめ。ヤタガラスはプライドの高い生き物だ。そんな態度で通用するか」

顔中キズだらけで石畳に放りだされたリュウを見おろしたのは、リュウが知るかぎりもっとも夕闇《ゆうやみ》の似あう少年だった。

「レオニダス……！」

「話は聞いた。おもしろいじゃないか。このまま【影】の封印がとけたら楽しくなるぞ」

「……お前、本気でいってるのか？」

血のような赤い瞳のレオニダスが、不敵な笑みを浮かべていった。

「『王様レース』でテロスと比べられるのは不愉快きわまりないが、お前が負けた時のいいわけにされるのはもっと不愉快だからな、情報くらいは与えてやる。女王の持つ【影】の封印は八つ。その一角は、お前が今聞いた通りやぶられた。どのレガリアかわかるか？」

首を横にふるリュウに、途端に不機嫌になったレオニダスは、独り言のようにつぶやいた。

「璽、……印章《ハンコ》だ」

レオニダスは右拳をつきだした。そこには春に一度だけチラリと見たことのある、リュウとまったく同じヤケドの痕があった。

「【影】に焼かれてはずされた奇数の王の指輪の話くらい、聞いているだろう?」

リュウはしぶしぶ首をたてにふった。レオニダスは感情のない赤い瞳でつづけた。

「先代の奇数の王は、璽をその指輪にうめこんで封印を守っていた。しかし幸運な皮肉ってヤツだな。王が死んだ時に、レガリアの『封印力』はオレとお前に受けつがれた」

リュウは改めて、自分のヤケドの痕を見た。

こんなケガを負わせて自分を捨てた両親をうらんだ時期もあったが、【影】のせいだとすると、両親が死んだのも【影】が原因なのか……?

今まで想像もしなかった考えに、リュウの心に墨《すみ》のように濃く、ドス黒いなにかが広がった。

しかしレオニダスの声が、リュウを闇から現実に引きもどした。

「理由も原因もよくわからないが、少なくともオレたちの肉体には、レガリアと同じ封印力が宿った。だから元型たちは、オレたち自身を璽の代わりに封印の器にしようとしているのさ。しかしお前には【影】を封印しておけるだけの魔法力がない。オレには【影】の封印をあずけるだけの信頼《しんらい》がない。なんせ、代々の殺し屋一族だからな」

自分の境遇《きょうぐう》をさげすみながら笑うレオニダスの表情は、夕闇で陰になっていて、リュウからは見えなかった。しかしリュウには、レオニダスが【影】の封印の一角がやぶられたことを、心から楽しんでいるように見えた。

レオニダスの声がうわずり、早口になった。

「元型たちは迷っているのさ。女王にもう一度【影】の封印をまかせれば女王は間違いなく死ぬ。他の元型たちで封印を分担しようにも、それは女王が認めない。オレたちを封印の器に使うにしても、どちらが本物の生まれ変わりかわからない。やぶられた【影】の封印をこのまま野放しにしておけば、【影】の力がますます強大になる。先の大戦を引き起こした時のようにな」

夏とはいえ、涼しくなった夕暮れの冷気が二人のほおをなでた。背の低いレオニダスの真っ黒なローブのすそと、横丁の吊り看板が風にゆれ、キイキイと音を鳴らした。

リュウはレオニダスの余裕がうらやましかった。その強さに憧れさえ感じた。

自分は奇数の王様の生まれ変わりとして、ただ王国につれてこられただけの「人間」にすぎない。王様のような男になりたいどころか、シンや女王様の力にすらなれない自分の無力さが情けなかった。

リュウは下をむいたまま、レオニダスに話しかけるでもなく、強く拳をにぎってつぶやいた。

「オレが強くなれば、女王様の封印を肩代わりできるんだよな？　それが女王様にとっても、王国にとっても、一番の方法なんだよな？」

レオニダスは「こんな愉快な話は聞いたことがない」とばかりに高笑いし、マーリン横丁の石畳にツバを吐き捨てた。

「そんなにうまく、お前の考え通りに物事が運ぶか、バカめ。テロスごときがうぬぼれるのもたいがいにしろ」

その声を最後に、レオニダスの黒い姿は闇に消えた。

第5章

ヴェイコーグ・パラケルスス

アルカイク魔法学院は、九月まで二ヶ月間の夏休みにはいった。

基本的に夏休みは、なにをしてもかまわない決まりだった。死ぬほど遊ぶもよし、学ぶもよし（そんな奇特《きとく》なヤツはアルカイク創設以来いないと、キ・エルドがいっていたが）、自分にできることで稼《かせ》いでもよしとのことだった。

寮にいてもヒマなので、リュウは招待されたワットの家で、一夏《ひとなつ》厄介になることにした。

「てめえの食い扶持《ぶち》ぐらいは稼いでもらうぜ」

「おい、それが未来の王様に対する口の利き方か？」

恋人の島のヘレネス家に到着するなり、さっそくケンカを始めた二人に、

「男の子同士っていいわね。女が冗談でもそういうことといったら、すぐに注意されるのに」

と、ワットの姉のジュールが、タンクトップにショートパンツ姿で二人を出迎えた。ワットと同じ、くせの強い赤毛をポニーテールにしたジュールが、リュウの重いトランクをヒョイと片手で持ち上げ、肩にかついで運んでくれた。そのうしろ姿を見たリュウは、

「……ここにも、ケンカで勝てなそうな女がいた……」

と、心の中でつぶやいた。

ワットの家族は両親と姉の四人で、近所に祖母と叔母《おば》と従姉妹《いとこ》たち大勢の親戚が住んでおり、

全員がとてもおおらかな性格とのことだった。ワットの部屋で荷ほどきをしていたリュウは、ワットのママのアンペアから一つの貯金箱を渡された。

「一日の労働が終わるとお金がたまる魔法の貯金箱よ。なまけていてもへることはないわ。ふえることもないけれど。魔法使いの島の銀行庁で管理されているから盗まれる心配もないわ」

瞬《またた》く間に数日がすぎ、今日も王国一の夕日を見ながらの夕食時間になった。さすが恋人の島だけあって、テーブルには毎食、味も盛りつけも芸術的な料理がならんだ。

みんな満腹になったあと、ダイニングではその日一番稼いだドラゴが、みんなの前でワットのパパのボルトに表彰《ひょうしょう》された。人間界へも輸出している「テルテルボウズ」は、雨を降らせない魔法の道具として大人気のアイテムという。

「魔法の力で、天気って変えられないんですか？」

と、万年筆にインクを注入しながら質問したリュウに、無精ヒゲのボルトは笑って答えた。

「天気を操ることは相当高度な魔法でな。我々にはせいぜい予想が関の山だ」

「でも、予想はできるんだ？」

背の高いワットよりはるかに長身のボルトが、胸をはって自慢げに答えた。

「人間界のラジオという魔法の道具が天気を教えてくれる。これに勝る予想はないぞ！」

表彰されてキャッキャとよろこぶドラゴを宙に放《ほう》って遊ぶジュールも、満足そうにいった。

「だからみんな、おまじないの道具を買うのよね。ロイヤルドラゴンの作ったテルテルボウズだもん！　大もうけだったわ！」

「そのロイヤルドラゴンって、どう特別なんだ？」

万年筆の手入れを終えたリュウがドラゴのシッポをつまみあげ、不思議そうに顔をのぞきこんだ。逆さ吊りにされたドラゴはミーミー鳴いてリュウの手をふりほどくと、短い四足で家の奥へ逃げていった。

「お前知らないのか!?　火、水、風、土の四種類のドラゴンの中でも、ロイヤルドラゴンは四つすべてを司《つかさど》る最強のドラゴンだぜ。環境に影響されやすいこともあって、王様以外が飼うのは禁止されているし、先の大戦で絶滅《ぜつめつ》したといわれる超希少種だぜ」

ワットの指摘に、仙酔島でのシンとピントの会話をおぼろげに思いだしたリュウは反論した。

「別に飼ってるつもりはねーよ。おたがい親もいないし、ルームメイトみたいなもんだ」

「お前のルームメイトは、ここにいるだろうがよ！」

「あ、忘れてた」

すると突然部屋の灯りが消え、あたりが真っ暗になった。

「なんだ!?　まさか【影】の襲撃か……!?」

ワットの声に、手入れを終えたばかりの朱色の万年筆を右手に構えたリュウが立ち上がった。暗闇《くらやみ》からボオッ……と、ほの暗い灯りがともり、いつでも攻撃にうつれるようリュウがその方向に万年筆をさだめると、「ハッピーバースデー！」という大音量とともに、十一本のロウソクを立てたケーキを持ったドラゴが登場した。

「リュウ！　十一歳の誕生日おめでとう！」

魔法で一瞬のうちに移動させられたのは、ワットの家の近くの海岸だった。

いつの間に準備していたのか、リュウのためのパーティ会場が海岸に用意されていて、近所中から集まったヘレネス家の親戚や、大勢のアルケーが口々にリュウの誕生日を祝った。

仙酔島にいたころ、マユミから手作りの不格好《ぶかっこう》なマスコットを贈《おく》られたこともあったが、こんな大勢に誕生日を祝ってもらうなんて、リュウにとって生まれて初めての経験だった。

不意にこぼれそうになった涙をあわててごまかしたリュウを、ワットが茶化した。

「ヘレネス一族名物、サプライズパーティー大成功、ってな！　プププ、【影】なんて、十三年前に封印されちまってるって。リュウちゃーん、怖《こわ》がらなくても大丈夫でちゅよー」

顔の原形がわからなくなるまでワットを殴ったリュウが、だれともなしにたずねた。

「なんで、オレの誕生日を知って……」

気絶したワットに代わって、姉のジュールが答えた。

「うちのママをだれだと思ってるの？　恋人の島ナンバーワンの占《うらな》い師よ。誕生日くらい、簡単に占えるわよ。ちなみに王国一の占い師は、魔法使いの島に住んでらっしゃるイド・ブロンテ師範という方よ」

「またあのババアの話か！　ったく、どいつもこいつも。あのババアのなにがすごいんだか」

いつもの調子をとりもどしたリュウを、骸骨型の大きな水晶に手をかざしたアンペアが占い始めた。

「お誕生日のお祝いに、ヘッジス・スカル水晶の予言を一つさしあげましょう。リュウ、七月七日生まれのあなたには、レオニダスというお友達がいるのね。彼の誕生日は八月八日。あなたと一ヶ月の生まれの違いがなにを意味するのかは、まだ見えてこないわ。しかし、あなたの運勢には栄光と別れが見える。今、まわりにいる人を大事にしなさい――。そう占いにはでているわ」

ツンツンと足首に刺激《しげき》を感じたリュウが足元を見ると、もうしっかり二本足で立てるようになったドラゴが両手いっぱいの花束をかかえ、二枚のチケットを口にくわえていた。ドラゴが「稼ぎ」で購入したリュウへの誕生日プレゼント、それは明日、戦士の島で開催されるヴェイコーグ・パラケルススのプロ大会決勝戦のチケットだった。

心のこもったプレゼントに、ドラゴを強く抱きしめようとしたリュウの首根っこをつかんだのは、酔っぱらったボルトら、恋人の島の大人たちだった。酒くさい息でリュウの肩を抱いたヘレネス一族の男たちは、酒瓶をかかげて大声で怒鳴った。

「さあ！　今夜は奇数の王様の十一歳のお祝いだ！　ハデに騒ぐぞ!!」

　酔っぱらいたちに徹夜《てつや》で祝われたリュウは、翌朝、寝不足《ねぶそく》のワットと二人、年に一度のヴェイコーグ・パラケルススプロ決勝戦にわく戦士の島に上陸した。王国一広大で原始的な山や渓《けい》谷《こく》が多く、他の島に比べて気温も湿度《しつど》も高い戦士の島全体が、異様な熱気につつまれていた。

　一万人は収容可能なタウラス円形闘技場に入場すると、貴賓《きひん》席に座っているシンの姿が見えた。リュウに気がついたシンが、笑顔で観客席に手をふってくれた。久々の再会によろこんだリュウは、人目もはばからずブンブンとシンに両手をふりかえして応えた。

　同じく貴賓席には、リガーとイド師範の姿も見えた。二人の老人を世話しているピントは、リュウの視線にまったく気がついていなかった。しかし、先日マーリン横丁でシャーロックと口論していた時より、ピントの顔色はさらに青白くなっているように見えた。

空に大きなスクリーンが登場し、空飛ぶボードで闘技場に降り立った青のセイシュン、赤のシュカ、白のハクシュウ、黒のゲントウら、一年間の予選を勝ちぬいた四チームのトッププロが、一万人の観衆の大歓声をあびた。この試合で勝ったチームが正真正銘王国一となる王座決定戦とあって、試合開始前にもかかわらず、観客のボルテージはすでに最高潮にたっしていた。

銀色の鎧《よろい》を身につけた司会者が魔法のスクリーンを使い、昨年の覇者《はしゃ》であるシュカ提案の今年のゲームルールを観客に説明した。万年筆以外に使える道具は、今年は魔法のガットをはったラケットと発表された。相手の陣地《じんち》に球《たま》を打ちこみ、八セットを先取したチームが優勝の証である水さしトロフィーを手にできるというルールで、これに他のチームも承諾《しょうだく》のサインをした。

「つまり、テニスの四チーム総当たり戦ってわけだな」

ワクワクするリュウに、「てにすってなんだ?」と聞きかえしたワットの足元から、

「お客さん、ルールブック買わないかね?」

と、アルカイクの湖で見たトカゲ骸骨のカロンが現れ、競技パンフレットとドリンクをワットに売りつけようとした。

「ったく、真夏だってのに商売熱心な幽霊だぜ。おっと、いよいよ始まるぜ!」

ふみつけてカロンを追いはらったワットの声に、リュウは観客席の手すりをつかんで身を乗

りだした。タウラス円形闘技場の四方に配置された、火、水、風、土、四匹のドラゴンが、口から炎をはいて試合の開始を合図した。

先日の学院での試合もすばらしかったが、プロ競技の迫力はその比ではなかった。

青のセイシュンが〈攻撃こそ最大の防御〉と速攻攻撃をしかけたかと思えば、赤のシュカは雷《いかずち》魔法の「ストリーマ」で他チームを妨害《ぼうがい》し、白のハクシュウは隊列魔法「ファランクス」で組んだ鶴翼《かくよく》の陣形《じんけい》で着実に点を重ね、守りに徹《てっ》した黒のゲントウはなかなか陣地を割らせなかった。

昨年の優勝チームのシュカが、セイシュンのコートのラインぎりぎりに「ヘルハウンド」の炎の球のスーパーショットを放つと、そのヘッドスピードとコントロールに会場中がわいた。セイシュンが空から打ちこんだ球を、ゲントウは強く打ちかえすと見せかけ逆回転でネットインさせると、そのテクニックに会場から一万人のため息がもれた。

セイシュンの一人の選手が唱えた「モンステラ」が闘技場からそれ、リュウの反対側の観客席を水びたしにした。おぼれそうになった観客を救ったのは、貴賓席から万年筆をふり、観客席に「防水の魔法」をかけたシャーロックだった。リュウが目をこらすと、その観客席にはレオニダス兄妹とヒースクリフの姿があった。

今度はハクシュウの選手が放った風の刃《やいば》が、リュウのいる観客席をかすめた。紙一重でみじん切りになるのをまぬがれたリュウとワットだったが、その様子を手をたたいてよろこぶシャーロックに、リュウはこの男を心底憎らしく思った。

試合は去年と同じく、赤のシュカの圧倒的勝利で終わった。

「自分が天才かと思いましたよ」

と、負けたチームを挑発する優勝選手の「口撃《こうげき》」も観客の心をわしづかみにし、満天の夜空を彩る盛大な花火が、夏の終わりをつげた。


九月一日の新学期を前に、ワットの家族に礼をいってリュウが魔法使いの寮《マジシャンズ・ルーク》へもどると、寮にはなつかしい顔がそろっていた。寮長のキ・エルドが寮の玄関で、一人一人の寮生たちを迎え入れていた。

「よっ、マスジョー、帰ってきたな。日に焼けてずいぶん印象が変わったな」

「オレはマスジョーじゃない。オーガだ。いくら双子だからって間違えるな」

「なんだ、名前まで変わったのかよ」

そんなふざけあえる日常も、リュウにとっては幸せだった。悪魔と忌《い》み嫌われ、ケンカにあけくれた毎日が遠い昔のようだ。そういえば、マユミや下谷のジジイはどうしているだろうか？　勝手にいなくなって心配をかけていないだろうか？　警察に捜索《そうさく》願いをだされていたら？　そもそも自分はいつまでこちらの世界にいられるのだろうか？

部屋でトランクの荷ほどきを終え、のびた前髪をかきあげながら寮の談話図書室に降りたリュウの肩を、うしろから強く引いた者がいた。さっき玄関で迎えてくれたキ・エルドだった。殺しても死ななそうな図太い神経のキ・エルドが、今にも死にそうな青い顔をしている。

「いいか、落ちつけ、落ちつくんだ。今、とんでもない連絡《れんらく》がはいった」

落ちつくのはそっちだとリュウは思ったが、息を整えたキ・エルドは一気に言葉を吐きだした。

「今年のヴェイコーグ・パラケルススの選手に、お前が推薦《すいせん》された」

「はあ？」

あまりにも意外な言葉に、リュウの思考が停止した。キ・エルドはもう一度大きく息をすって、話の詳細を説明した。

「一学期の飛行授業の成績をご覧になった王様が、お前とレオニダスを魔法使いの寮の代表として推薦された。もしかして、これでどっちが本物の生まれ変わりなのか、判断されるおつもりなのかもしれない」

リュウの心臓が大きく鳴った。

「で、でも、試合にでられるのは三年生からだって……」

「バカ！　勝者がルールを決める競技だ。その程度のルール変更《へんこう》を、ガスやセージが認めないわけがない」

自分を戦士の寮《ウォーリアーズ・ルーク》へくるよう熱望したガスの顔を思い浮かべたリュウだったが、一番気になることを聞かずにはいられなかった。

「それで、レオニダスはなんて……？」

「でないってさ、レオニダスは」

「ジゼル！」

「お久しぶり〜。夏服にしたの。似あうかい？」

黒いミニスカートのスソを持ってポーズを決めたジゼルに、リュウはいった。

「そんなことはどうでもいい。レオニダスがでないってどういうことだよ？」

「女子の服装にそんなこととは聞き捨てならないね。あんた、モテないよ？」

そこまでいってから、こういう時のリュウに軽口は通じないと思いだしたジゼルは、いいにくそうに答えた。

「『殺さない自信がない』だってさ。それが相手チームのことか、自分のチームのことかまでは聞けなかったよ」

リュウは、夏休み直前に一度だけ言葉をかわしたレオニダスの顔を思いだした。あの赤い目の下には、どんな殺人一家の血が流れているのだろうか。

改めてリュウは、とんでもない相手と比べられていることを実感した。


リュウのヴェイコーグ・パラケルスス出場のニュースは、二学期最初の「号外」として、あっという間に学院中をかけめぐった。

王様が王様をためす⁉「血がうずく」と殺人鬼は出場させず。吟遊詩人ペタニー

「てめえ！　また話を勝手に変えやがって！　全然話が違うじゃねえか‼」

リュウは自分と同じくらい日に焼けたワットの胸ぐらをつかんでゆすったが、ワットは両手をふって自分の無実を主張した。

「違う、オレじゃねえ！　ペタニーにこのネタを売ったのは、今回はオレじゃない！」

「オレだよ」

二人に声をかけたのは、長い銀髪のヒースクリフだった。いつの間にかファンクラブが結成されたらしく、大勢の女子が遠まきにこちらを見ていた。

「……どういうことだ？」

「場所を変えないか？」

いぶかしがるリュウを、ヒースクリフは屋上に案内した。アルカイクの塔の先が見える屋上にいたのは、意外な人物だった。

「レオニダス!?」

リュウの声を聞いた黒ずくめのレオニダスは、憎々《にくにく》しげにヒースクリフをにらみつけた。

「……チッ。余計なことを。お前はいつからオレの行動に口だしできる立場になった？」

「立場とかはこの際どうでもいいでしょう。彼にはきちんと説明するべきだと思いましてね」

「そんな義務はオレにはない。失せろ」

「なんで選手の推薦《すいせん》を辞退した？」

二人の会話に割りこんだリュウの問いに、レオニダスは視線をはずしたまま答えた。

「あんなくだらん競技にでるつもりはない。それだけだ」

「夏休み、こっそり闘技場にいたくせに」

リュウのつぶやきに、レオニダスの肩がピクッと反応した。ヒースクリフは口をおさえて笑いをこらえている。

「本当は出場したくてたまらないのに、運動神経抜群のオレ様に負けるのがこわくて、新聞にガセネタをリークしたんだろ？　本当のことといえよ、チビ」

「……貴様。今、なんていった？」

レオニダスの赤い瞳が、リュウの顔を真正面からとらえた。

「チビにチビっていってなにが悪いんだ？　くやしかったら、一対一《サシ》で勝負してみるか？」

「リュウ！　挑発するな！」

ヒースクリフがリュウをとめたが、導火線に火のついた二人には聞こえていなかった。

「貴様、本当に死にたいらしいな」

「かかってこいよ。お前とケンカしてみたくて、ウズウズしてたんだよ」

「バカめ」

リュウは魔法勝負では互角《ごかく》だが、殴りあいなら勝てると計算していた。サトリの魔法で、レオニダスが万年筆を使わないと知ったリュウが両拳《りょうこぶし》を構えた直後、リュウの脇を黒い風が通りすぎた。

「う……げ、ご……？」

口から黄色い液をたれ流し、リュウは屋上の床に両ヒザをついていた。殴られた腹をおさえてうずくまるリュウを見おろしたレオニダスは、万年筆を悠然《ゆうぜん》とリュウにむけ、炎の呪文を唱えた。

「ヘルハウンド！」

「レオニダス！」

ヒースクリフの制止の声はレオニダスにとどかなかった。リュウの体が黒い炎につつまれると、あっという間にアルカイクの塔より天高く、巨大な火柱があがった。

「うわっ、火事か!?」

リュウを心配して様子を見にきたワットとジゼルが、ヒースクリフと三人がかりの「モンステラ」の呪文で大洪水《だいこうずい》を起こした。なんとか火を消しとめたワットとヒースクリフが、のたうちまわるリュウを力ずくでおさえこみ、その両ほおを引っぱたいた。

「リュウ！　リュウ!!」

と、ジゼルがあらん限りの大声でよぶと、気がついたリュウがうすく目をひらいた。

万年筆をローブにしまったレオニダスが、凍《こお》りながら燃える、温度のない声でいい捨てた。

「これにこりたら、もうオレにその面《ツラ》を見せるな」

立ち去ったレオニダスの背を、リュウはただ呆然《ぼうぜん》と見送ることしかできなかった。

「同年代のヤツに、初めてケンカで負けた……」

医務室でうなだれるリュウを、癒しの魔法で治すヒースクリフがあきれていった。

「レオニダスの機嫌のよい時でよかった。虫の居所が悪い時だったら、君はとっくに暖炉にくべられる薪《まき》に変えられていただろうね。火の魔法でマズダー一族にかなうわけがない」

「火の……魔法？」

魔法薬の包帯でグルグルまきにされたリュウが、ベッドに横たわったままヒースクリフにたずねかえした。

「ああ。マズダー家は、大昔から火を扱う神聖な一族だったらしい。どこでそれが変わってしまったのかは知らないが、殺しの専門家といわれる一族になってしまった。一説には【影】と取引したともいわれている」

「【影】？」

授業で聞いた名前だとリュウは思いだした。シャーロックとピントの会話にもこの名前がでてきたし、レオニダスとの会話にも……。

垣根《かきね》がとりはらわれたのか、敬語を使わなくなったヒースクリフがつづきを話した。

「君も授業で習ったように、【影】の目的は生と死の統一。先の大戦で奇数の王様が封じた【影】の封印も、もってあと数年といわれている」

すでに一部の封印がやぶられているらしいという話を、まだだまっていようと決めたリュウがヒースクリフにたずねた。

「もし、その【影】とやらが復活したら、この国はどうなるんだ？」

ヒースクリフは鼻のところで丸メガネをおさえると、うつむき加減に話した。

「先の大戦では、数万人ともいわれるアルケーが死に、復興にも長年を要した。幸いアルカディアが【影】に完全敗北したことは歴史上ないけれど、アルカディア以上に影響を受けるのが人間界だ。【影】が復活をした時、人間界でも大きな戦争や災害が起きたはずだ」

ヒースクリフが教えた時期と、リュウの知っている人間界でのいくつかの事件が重なった。

リュウはその先の質問をしたくなかった。答えはわかっていたが、聞かなくてはいけないことだった。

「……もし今、レオニダスがその【影】とやらと戦ったら、どうなる？」

ヒースクリフは銀色の髪をゆらし、氷のような冷たい目で答えた。

「一瞬にしてこの世から消え去るだろうね。とりこまれて【影】のエサになるのがオチだよ。君については、答えるまでもないだろう」

——完全なる敗北——

リュウはどこかで自分は特別だと思いあがっていた。生まれ変わりというだけで王様になれるものだと。しかしそんなプライドは今、ヒースクリフの言葉で木っ端《こぱ》みじんに砕かれた。


「リュウのヤツ、変わったな」

「ああ、練習も一日も休まないできているし。授業は寝ているみたいだけど」

リュウはなにかをふっきるように、ヴェイコーグ・パラケルススの練習に打ちこんだ。強くなりたい。女王様の封印を肩代わりする以前に、せめて【影】と戦えるだけの力がほしかった。

しかしなにをしてよいのかわからず、リュウはただがむしゃらに体を鍛える方法を選んだ。

「ん？　キ・エルドはどうしたんだ？　練習にきていないのか？」

たまたま巡回指導にきたオヅヌ先生が、魔法使いの寮生に聞いた。

「欠席でーす。オヅヌ先生のお父さんのお葬式《そうしき》に行くっていってましたー」

ずる休みのキ・エルドをオヅヌ先生がつかまえにいってしまったので、代わりにワットがリュウの練習につきあった。

「一球だけ選ばせてやるよ。カーブがいいか？　ストレートがいいか？」

「なんでもいいから早くやれよ」

「じゃあカーブな」

ワットが万年筆から放った火の球はストレートだった。

「てめえ！　だましやがったな!!」

「悪い悪い、手がすべった。今度こそカーブで行くからな」

次の球もストレートだった。

「てめえ！　何度も何度も……」

棍棒《こんぼう》をふりまわして追いかけてくるリュウに、

「バーカ！　ヴェイコーグ・パラケルススはサトリの魔法も使っていいんだぜ！　気がつかないお前がアホなんだよ！」

と、ワットは嘲りながら逃げた。が、リュウの空飛ぶボードの飛行速度にかなうわけもなく、あっという間に追いつかれたワットは、リュウの棍棒のえじきになった。


二学期は八年生たちが進路を決定する季節だった。魔法医師の研修から帰ってきたコルチゾールが、階段の踊り場でため息をついていた。

「どうしよう、アルカイクで八年も学んだのに、オレは魔法医師失格だ。研修先で患者さんに恋《こい》をしてしまうなんて……」

同じく魔法医師の研修からもどったオキシトシンが、頭をかかえるコルチゾールの肩を優しくたたいた。

「わかるわ、あなたのその気持ち。私も研修先で、同じ悩みをかかえてしまったの……、恋わずらいは魔法でも治せないわね」

と自嘲《じちょう》気味に笑うオキシトシンに、コルチゾールがいった。

「お前、たしか、植物の治療担当じゃなかったか？」

二学期の仮装大会もリンゴ収穫祭もクリスマスも終わり、正月休暇をはさんだ最終学期のアルカイクはすっかり冬景色になっていた。真っ白な雪に覆われた黒い城の講堂で、今年のヴェイコーグ・パラケルススは、昨年の優勝チームである戦士の寮のガスから「氷のフィールドでの戦い」と発表された。

「毎年うちばっかりが優勝じゃ申しわけないからな。ハンデとして、オレたち戦士が得意な火の魔法が使えない、水と風のフィールドを選んでやったよ」

ガスの挑発に怒るキ・エルドとリュウを、恋人《ラヴァーズ・ルーク》の寮のセージがたしなめた。

「人数は各寮八人ずつの団体戦。幻獣から宝玉をうばって、空のゴールポストに入れたチームの勝ちだ。使う道具は去年と同じ、万年筆と空飛ぶボードのみ。ルールは以上。おたがい、最高のプレイをしよう！」

ガスの宣誓に講堂はわれんばかりの拍手と歓声につつまれた。

数ヶ月の練習の甲斐《かい》あって、リュウのヴェイコーグ・パラケルススの技術と知識は格段にレベルアップしていた。魔法カードを収納したインフィニティも、今やズッシリした重さになっていた。

三日後の試合にむけ、各寮の選手たちは授業をほっぽらかして、連日作戦会議をひらいた。

「どうせ今年もうちが優勝だからな」

と、授業に出席している戦士の寮の選手たちは、寮長のガスを筆頭に、王者の余裕と貫禄《かんろく》をかもしだしていた。

キ・エルドたち魔法使いの寮の選手たちは、談話図書室のあかあかと燃える暖炉の前を占拠《せんきょ》して作戦会議をひらいた。授業どころか、食事もろくにとらない八人を心配して、ブルーおばさんが片手でも食べられるラズベリーパイを焼いてきてくれた。もちろん冬のお楽しみのマシュマロ入りあつあつショコラも、人数分マグカップで用意された。

主将のキ・エルドは、自分と同じ六年生から、長年練習して息のあったメンバーを選出した。オーガ、ビキ、ラアプ、ヒイロ、ハル、キミィ、そして新入生のリュウ。ハルとキミィは女子だったが、その計画性と観察力は男子の比ではなく、女子二人を中心に作戦が練られていった。

「私わかったんだけど、水と風のフィールドって氷のことじゃないの？　目立ちたがり屋のガスの性格からして、海や湖は使わずにコロッセオに氷をはるんだと思うわ。観客にしっかり自分たちの完全勝利を見せつけるためにね。問題は幻獣と『空のゴールポスト』……か。なんのことかしら？　それにしても、幻獣の種類がわからないことには、作戦の練りようがないわね」

ハルが長いまつげの下で思案した。キミィが助け船をだす。

「コロッセオの面積からしたら、幻獣は三匹が限度じゃない？　水と風っていってたよね……。氷の中に待機できるほど、極寒に強い幻獣なんてそんなにいるかな？　ラアプ、調べられる？」

「よし、まかされた！」

頭脳派のラアプが、談話図書室の古い資料を調べている間、ビキが次の疑問を口にした。

「で、空のゴールポストってなんだと思う？」

ヒイロが自分の考えをのべた。

「予想だけど、戦士の連中にとって有利なものじゃないかな？　水にぬれたボードで急上昇するには、かなりの脚力と技術がいる。シュートした瞬間に、なにかしかけがあるかもしれない」

主将のキ・エルドが、副将のオーガに意見をもとめた。

「で、マスジョー。みんなの意見どう思う？」

「だからオレはマスジョーじゃない、弟のオーガだっていってんだろ、しつけえよ！」

お決まりのネタでオーガは場をもりあげた。ホットショコラ以上にみんなの心があたたまったが、リュウは先輩たちの話にまったくついていけないまま、試合当日を迎えた。


二月のアルカイクは、まるで氷の城にいるような寒さだった。吹く風までもが凍《い》てついていた。コロッセオはハルの予想通り、分厚い氷で固められていた。氷点下の景色の中、各寮から八人の代表選手がコロッセオに登場した。

新入生の試合出場は、長いアルカイクの歴史でも異例中の異例だった。アルカイクの全校生徒が、観客席から応援とヤジを（主に戦士の寮と恋人の寮の寮生が）交互に飛ばした。コロッセオにはシンと、ロシア帽《ぼう》に耳あてまでつけた完全防寒のシャーロックも着席していた。二人の元型の姿を見たリュウは、自分を推薦してくれた王様が、きっとどこかで見ていてくれていることを信じ、胸に手をあてて深呼吸した。

選手たちは防寒具の上から左手にしっかり空飛ぶボードのヒモを固定した。

「お下がりだけど」

選手に選ばれた時、そういってキ・エルドがリュウにゆずってくれたのは、磨きこまれたオノカンバのボードだった。

「オノカンバは石のようにかたく、水もよくはじき、それでいて最高の飛行速度をほこるボードだ。オレのデビュー戦の時に使ったボードだからな。ありがたく思えよ」

右手には、ドラゴンの革のグローブで固定された万年筆。インクの量もしっかり確認し、準備は万全だった。

「今年こそ魔法使いの寮が優勝だ！　ブルーおばさんに、水さしトロフィーを持って帰るぞ！」

キ・エルドのかけ声に、寮代表の八人は、円陣《えんじん》を組んで雄叫《おたけ》びをあげた。

「行くぞ！」

打ちあげられた号砲を合図に、三寮二十四人の代表選手が、凍てつく氷のフィールドに飛び立った。

試合は一進一退だった。氷のフィールドに現れた幻獣は、キミイの予想通り三匹。イカのような多足のクラーケン、美しい声の空飛ぶセイレーン、大きなツメと翼を持つ海の巨獣《きょじゅう》リヴァイアサンだった。

キ・エルドたちは、一番弱そうな女性幻獣のセイレーンをねらったが、思惑がはずれた。セイレーンはその翼で氷の上を飛び、歌で選手たちを幻惑《げんわく》した。すると、ボードの上に立っていられないばかりか、空を飛べなくなる選手も続出した。

「ちくしょー、このままじゃ今年も戦士の寮に負けちまう。なんか作戦を考えないと……」

キ・エルドがあせりを感じ始めたころ、リュウは「モハーの橋」で対峙《たいじ》した幻獣たちのことを思いだした。

「もしかしたら攻撃じゃなく、感謝の心をもって接するのが幻獣の攻略《こうりゃく》法かもしれない」

新入生のリュウの提案におどろいた先輩たちだったが、この際なんでもためすだけの価値はあった。魔法使いの寮の八人はセイレーンへの攻撃をやめると、ボードの上に静かに立ち、この場に立たせてくれたこと、仲間との出会い、両親への感謝を口にした。

その突拍子《とっぴょうし》もない行為に、ガスやセージらフィールドの選手はもちろん、観客席の生徒たちは、キ・エルドたちが勝負を捨てたのではないかとさえ勘《かん》ぐった。

すると観客の期待を裏切るように、歌うことをやめたセイレーンが魔法使いの寮の選手たちに近づいてきた。それだけでなく、セイレーンは自分の首にかけていた宝玉をキ・エルドの首にかけた。そのあまりにも不可思議な展開に、コロッセオの観客たちがどよめいた。セイレーンの攻略法を見事見つけた魔法使いの寮を戦士のシンが立ちあがってほめたたえたため、戦士の寮の寮生たちににらまれた。

勝利宣言とばかりにキ・エルドが宝玉をたかだかとかかげ、空のゴールポストを目ざしたその時、キ・エルドの背後で、様子がおかしいリヴァイアサンに気がついたのは、シンとシャーロックだけだった。

「キ・エルド、危ない!!」

とっさにフィールドに飛びこんだシンによって、間一髪《かんいっぱつ》、キ・エルドはリヴァイアサンの凶暴《きょうぼう》なツメから逃れた。シンは試合の中止を宣言し、全生徒をコロッセオから退避《たいひ》させようとした。

しかしリュウはその時、不気味な「声」が頭にひびいて、その場から動けなくなっていた。

――東の国からきた子……。奇数の王様の生まれ変わり……。待っていた、この時を――

リュウの目の前で鮮血《せんけつ》が飛んだ。リヴァイアサンが大ぶりしたツメが、レオニダスの妹、アイリーンをとらえたのだ。リヴァイアサンの高い咆哮《ほうこう》がコロッセオにひびき渡った。

「助けて‼」

アイリーンの悲鳴に、リュウは無我夢中でリヴァイアサンの尾にしがみついた。ウロコでヌルヌルしているそれに万年筆をつき立て、アイリーンを救出しようともがいたリュウの目の前が、突然真っ赤に染まった。痛みではなく、熱さを感じる場所にリュウが手をあてると、気がふれたように暴れるリヴァイアサンのツメが、自分の脇腹《わきばら》をつらぬいていた。遠のく意識の中、リュウはアイリーンの悲鳴だけを聞いていた。

「気がついたかい？」

ジゼルの声に、リュウは目を開けた。

「……ここは？」

「医務室だよ。あんた、リヴァイアサンに串刺しにされて、運びこまれたんよ」

リュウが体を起こそうとすると、稲妻《いなずま》のような激痛が体中を走った。見れば、自分の胴体《どうたい》がミイラのように包帯でグルグルまきにされていた。体を起こすのをあきらめたリュウが、

「……まったく歯がたたなかった。なんなんだよ、あの魔法力は……」

とつぶやくと、いつの間にか枕元《まくらもと》に立っていたシンとリガーが、申しわけなさそうにリュウに頭をさげた。

「本当にすまなかった。リヴァイアサンを操った力、あれが【影】だ。我々の結界がやぶられるなんて、だれか王国の中から手引きした者がいるのかもしれない。徹底的《てってい》に調査する。お前の傷は、リガー様の癒しの魔法のキミストで治療してくださったとはいえ、出血が多かった。一週間は安静にしていてくれ」

リュウはアイリーンのことをたずねたかったが、この体じゃ教えてくれないことは、火を見るよりあきらかだった。いや、この体じゃなくても、自分には教えてくれないだろう……。

リュウはあきらめたふりをして、頭から布団をかぶった。リュウはサトリの魔法で【影】の声を聞いてしまったのだ。

お前は弱い
弱いところをつくのは、ケンカの定石《じょうせき》
お前が弱いからアイリーンはさらわれた
心を壊せ、もうこれ以上傷つかなくてすむように
努力なんてしても無駄だったんだ

お前には才能がない

お前は両親にすら捨てられた。だれもお前を愛さない、だれもお前を必要としていない

——オレは、弱い——

リュウが寝入ったのを確認したシンたちは、医務室の扉をそっとしめた。

一時間後、リュウの包帯を変えに医務室にはいったジゼルとヒースクリフは、無人のベッドに声を失った。

「いない!?　あの体でどこへ……!」

第6章

強くなりたい

「やれやれ。深夜にたずねてくるのに、手土産《てみやげ》一つ持ってこないとは。日本人というテロスは礼儀正しいという、あんたの本はウソっぱちだったのかい、ペタニー」

「あの本は売れなかったんだ。だから今度は売れそうなネタを提供してほしいな、イド師範」

雨に降られたずぶぬれの姿で、リュウは「タベルナ」のドアの前に立っていた。王国一の魔法使い。もっとも頭をさげるのが嫌《いや》な人物だったが、リュウが思いつくかぎり、たよれるのは彼女しかいなかった。

「たのむ、バアさん。アルカイクが大変なことになってるんだ。力をかしてくれ」

「ふん、あたしには関係のない話だね。お前みたいな負け犬の面《ツラ》を見ていると茶がまずくなる。とっとと帰んな」

リュウの頭の血管が、ブチブチッと音をたてて切れる音がした。

「……人が下手《したて》にでてりゃあ……！　くたばれババア！　『ミッドガルド‼』」

怒《いか》りにまかせたリュウが、イドにむけて破壊の呪文を唱えた。

「そんな程度の魔法力で、あたしを引っぱりだせると思ってるのかい？　千年早いね」

イドが瞬《また》きしただけで、破壊魔法はリュウ本人にはねかえった。リヴァイアサンにやられた脇腹の傷が再びひらき、「タベルナ」の石の床を紅《あか》く染めた。しかしリュウの黒い瞳は、イドを真正面からとらえたままだった。

鍵型のチョーカーを指でもてあそびながら、イドは心の底から面倒くさそうにいった。

「それともあたしを雇《やと》おうってのかい？　お前が一生働いたところで、あたしを五分と雇うこともできないよ。……しかし、弟子にしてくれってんなら、考えてやってもいい。あたしも齢《とし》をとった。『秘伝の魔法』をあの世に持っていっちまうのも、ちともったいない気がしていたところだ」

「それじゃあ、バアさん……」

「それだけの器がなければお前がおっ死《ち》ぬだけだから、外にもれる心配もないしな」

もう一度キレそうになったリュウに、「タベルナ」の奥の隠し扉を押してイドがいった。

「地下が道場になってる。死ぬ覚悟《かくご》ができてるんなら、ついてきな」


イドの持つ燭台のロウソクが、ジジジと音をたてて燃えている。ピチャン、ピチャンと、湿った鍾乳石から水がたれる音がした。

地下洞窟《どうくつ》を転ばないよう注意して歩いたリュウの肩に、なにかがぶつかって転がった。ロウソクのうすあかりの中、リュウが両手でひろったそれは人間の頭蓋骨《ずがいこつ》だった。悲鳴をあげたリュウに、

「ああ、あたしの古い友達さ。もちろん比喩《ひゆ》だがね」

と、イドは涼しい顔でいって、さらに奥にすすんだ。

リュウがつれてこられた場所は、石板がしきつめられた洞窟の中の闘技場だった。

「この地下道場には、ありとあらゆる化け物が巣食っている。ここから生きてもどってこられたとしても、【影】とやりあうにはほど遠い。たとえお前に才能があったとしてもだ。

この二十年、ここから生きてでてこられたのは戦士のシン、そしてレオニダスの親父《おやじ》の二人だけだ。チビる前にやめるのも勇気ってもんだよ、ボウズ」

「男が一度やるっていったらやるだけなんだよ。せいぜいバアさんは、高みの見物でもしてろってんだ」

「フン、少しは成長したようだね」

闘技場にコウモリのような影が落ちたと思った瞬間、上空からガーゴイルのツメがリュウめがけてふりおろされた。空《くう》を切り裂《さ》くそのスピードに、リュウは声もだせず、石板の上に真っ赤な鮮血が散った。イドはリュウを一人闘技場に残し、さらに暗い奥の間にすすんだ。

「待ちくたびれた」

血まみれのまま、ボロ雑巾《ぞうきん》のように奥の間にたおれこんだリュウに、イドはねぎらいの言葉をかけるどころか、足で蹴りあげ、リュウをあおむけにした。反撃《はんげき》する力もないリュウに、イドは万年筆をむけた。

——攻撃される！——

と、目をつぶったリュウに、

「**エリクシル**」

と、イドは癒しの魔法の呪文を唱えた。すると一瞬で、リュウの体の傷はおろか、体力までも回復した。

「ババア……。それってキミア、キミストの上級魔法……」

イドはそれには答えず、さらに奥にむかって歩き始めた。元気になったリュウも、あわててあとを追った。

たどりついたのは、地下洞窟の行きどまりとおぼしき場所だった。岩にはめこまれた、ものものしい鉄の扉。洞窟の天井までとどくその高さから、厚さも相当だと簡単に想像がつく巨大な扉だった。

「さあ、この扉を開けてみな。これが最後の試練、秘伝の魔法のありかだ」

「これが最後の試練なんてちょろいぜ。体も治してもらったし、いっちょ派手にぶっ壊してやるぜ、「**ミッドガルド！**」

大きな爆発音に「よし、絶好調！」とリュウは手ごたえを感じた。しかしまきあがった砂ぼこりの中、鉄の扉は傷一つつかず、その場に立ちはだかったままだった。

困惑《こんわく》したリュウは、

「ちくしょー、なんでだよ!? ……わかった、なんか術がかけられているんだな？ 術をやぶる魔法は……**「ディフレーム！」**」

と、違う呪文をためしたが、結果は変わらなかった。リュウは扉に体あたりしたり、「ふんぬっ！」と叫びながら力まかせに扉を押したが、無駄な努力をせせら笑うように、鉄の扉は冷たくリュウを見おろしていた。

汗をぬぐいながら、リュウはふと「感謝の橋」やヴェイコーグ・パラケルススで、似たような経験をしたことを思いだした。

――力まかせや偶然じゃだめだ。すべての物事にはルールがある。それをとく鍵が……――

「鍵！」

リュウはイドが首にかけているチョーカーを指さすと、イドが口の端をあげて静かに笑った。

「ようやく気づいたようだね、このバカ頭が」

そういって、イドは自分の首から鍵型のチョーカーをはずし、鉄の扉の鍵穴にさしこんだ。

今まで貝の口のようにとざされていた巨大扉は、カチリという解錠《かいじょう》の音とともに、内側からその重い扉をひらいた。そして、部屋の入り口に立ったリュウにイドがいった。

「世界はパズルだ。地図はポケットに入れて持ち運べる魔法の庭だ。この世界には戦士の力でひらく扉もある。恋人の心でひらく扉もある。どちらでもひらかない扉も無数ある。魔法使いは、それぞれにあう鍵を見つけるのが仕事だ。鍵のかかる世界では、共通鍵《マスターキー》を持った者、それが『王様』だ」

「マスターキー……」

「アカシック・レコード・ライブラリー」

扉のむこうは、床も壁も天井もすべてが本棚になっている、膨大《ぼうだい》な量の本を収蔵した図書館だった。右も左も上も下もすべて本、本、本の図書館だった。その光景に圧倒されているリュウに、イドが説明した。

「ここには、王国すべての歴史と知恵、知識、今まで生を享《う》けたアルケーすべての人生が保管されている。〈知は力〉だ。ただ魔法をブンブンぶっ放していても、扉が開かないことは身をもって知っただろう？」

痛いところをつかれたリュウは、なにもいいかえせなかった。

イドにつづいて巨大図書館を歩いていくと、「幻獣のたおし方」というシリーズの本棚があり、順にガーゴイル、三頭獣のケルベロス、一つ目の巨人サイクロプス、煙に化けるイフリート、トカゲのリザードマンについての本がならんでいた。それはたった今、自分が地下洞窟で戦った幻獣の順番であることに気がついたリュウは、
「ババア！　最初からこういう本があるなら、なんで教えてくれないんだよ！」

と、イドにかみついた。

「聞かれなかったからな。〈天は自ら助くる者を助く〉〈質問の質は人生の質〉だよ。ボケ」

「ふざけんな！　たまたま勝てたからよかったものの……」

そこまでいいかけて、リュウはハッとした。【影】との戦いは、たまたまでも偶然でも運でもない。必ず勝たなければいけないのだと。それに必要なのは、知識、知恵、戦法、戦略。

――〈**知は力**〉――

イドはそれを自分に教えるため、わざとなにも教えずに地下洞窟で幻獣と戦わせたり、鉄の扉を開けさせようとしたのだろうか？

リュウはこの小さな老女の深い叡智《えいち》に言葉を失った。

「元型」と書いてあるガラスばりの棚には、数千年前のものと思われる、初代の王様から、現代の元型を記した本が、ずらっとならんでいた。

シン、ニライカナイ、リガー、ローゼリア、シャーロック、ボルヴァと、宮城《きゅうじょう》で紹介され

た六人の元型たちの本があった。陰険なシャーロックの、子ども時代のおねしょの話でものっていないかと本に手をのばしたリュウは、ボルヴァのとなりに「ヴァシリッサ・Z・グラヴィティ」という名が記された本を見つけた。順番から考えると王様だが、どこかの授業でヴァシリッサは女性名と聞いたおぼえがある。するとこの本は女王様のものらしいが、なぜ王様の本がないのだろう？　元型の本棚にうしろ髪引かれるリュウにかまわず、イドはライブラリーの最奥で足をとめた。

そこには、仙酔島の小学校にあった百葉箱《ひゃくようばこ》を思わせる、底の中心に長い一本足のついた直方体の箱があった。しかし百葉箱と違い、その箱は青銅製だった。派手な装飾こそないが、なにかを厳重に守っているのが、その荘厳《そうごん》さから見てとれた。

「**イコノスタシス**」

聞いたことのない呪文を唱えたイドは、その廟《びょう》の鍵穴に鍵をさしこんだ。心なしか、イドの手が震えているように見えた。青銅の観音《かんのん》びらきの扉をイドが両手でゆっくりひらくと、中からさらに、真紅《しんく》の絹につつまれた、鍵のかかった古い本が現れた。

「【影】の書だ。学ぶ謙虚《けんきょ》さと、知る勇気があるなら、読みな」

イドがリュウにそれを手渡すと、カビくさいにおいがツンとリュウの鼻の奥を刺《さ》した。ずっしりしたその重さは、元型王国の歴史と、【影】によってうばわれた多くの命の重さに思えた。

――知は力、知る勇気。これが「秘伝の魔法」――

リュウは万年筆をとりだし、鍵を開ける呪文を唱えた。今から戦う「敵」を知るために――。

「バラススキナし、解錠せよ」


【影《シャッテン》】


太古《たいこ》の昔、元型はおろか、生物《せいぶつ》が生まれる前の創生期からあった概念《がいねん》である。

元々の【影《かげ》】とは、太陽をむいた時に反対側にできる黒い部分であり、他の色を有しない。必ず黒であり、赤にも青にも白にもならない。切りはなしたり、購入することはできない。評価や助言をしたり、探りをいれたり、解釈《かいしゃく》したりすることもできない。手に持てなくとも、瓶につめられなくても、「ある」ことを認めなければいけない存在である。

たいていの生物は死ぬが、幽霊や妖精は死なないことから、【影】を生と死の境界線がない公平な、あるいは生と死の世界を統合した、「理想」とする考え方が生まれた。

いつの時代も生ある者はだれもが争って「不死」をもとめた。そして【影】の力を手にいれた者が統治者になり、それ以外の者は、死への恐怖から統治者にしたがった。いつしか【影】は争いの種《たね》になった。

ある時一人の若者が、

「死こそだれにでも平等におとずれるもので、だれか一人がふりかざす権力ではない」

と、立ちあがった。

時の暴君は斃《たお》れたが、長年、人の恐怖、孤独、退屈、憂鬱《ゆううつ》などを蓄積《ちくせき》するようになった【影】は意思を持つようになり、実体をもとめるようになった。

若者は【影】を引き裂き、レガリアとよばれる秘宝に封じた。

人々はその若者をたたえ「王様」とよんだ。

王になった若者は、幼い我が子を後継《あとつ》ぎと定め、若い王を補佐する軍事、外交、教育、養母の制度を作った。それが「戦士」「恋人」「魔法使い」「女王様」の元型であり、いつしかそのまま「元型」とよばれる制度になった。

成長した二代目は名君となり、元型王国アルカディアを建国、民のために法も整え、二度と【影】が復活しないよう、レガリアの封印を元型たちに守らせた。

老いた二代目は、できることすべてをおこない、後悔《こうかい》なくこの世を去る段になって、「死」を友として迎えた。その死とともにやってきたのは、父の記憶を持つという少年だった。「父」と昔話を楽しんだ王様は少年にアルカディアをたくすと、永遠の眠りについた。

「三代目の王様」になった少年は、二代目に勝るともおとらない勢いで、さらにアルカディアを発展させた。

しかし、二代目の王様の生まれ変わりが僻地《へきち》で生まれた知らせを聞いても、それを無視した（我が子を四代目にしたがった私情との俗説が伝わるが、歴史的な信憑《しんぴょう》性はない）。

その直後【影】が復活した。封印がやぶられた原因は不明である。三代目の王様は【影】を再封印することができず、王国中が不安におちいる中、二代目の生まれ変わりとされる赤ん坊が【影】を再度レガリアに封印した。

それを機に、赤ん坊は「四代目の王様」になり、以降、奇数の王様、偶数の王様として、それぞれの生まれ変わりが王様になる法律が定められた。元型たちは封印を守ることの他に、王様の生まれ変わりの真偽《しんぎ》を判定する役割もになうようになった。

過去、女性の王様が生まれることもあったが、ほとんどは男性である。

長い歴史の中で、幾度《いくたび》か「八つの封印」の複数がやぶられることもあったが（メガ大戦、ギガ大戦など）、テラ大戦とよばれるすべての封印がやぶられる【影】との大戦が勃発《ぼっぱつ》した。

八人の元型のうち、キュア・キーン・リガーと、女の魔法使いをのぞく六人が命を落とし、数万人のアルケーと人間界のテロスたちも、【影】の支配する死の世界へ旅立った。

辛《から》くも勝利をおさめたアルカディアは、女王になったヴァシリッサ・Z・グラヴィティが「八つのレガリア」すべてをその身に享けた。さらに女王はレガリアのみならず、日々生まれる恐怖や憎悪といった【影】を強大化させる感情も、自らの体に封じつづけている。

アルカディアは「八つのレガリア」の封印をより強力にし、女王の肉体を封印道具とすることを即刻やめるべきである。女王の魔法力がつきる（あるいは死ぬ）時、テラ大戦以上の悲劇がくりかえされるだろう。

奇数の王様が遺《のこ》した予言の「東の国の子」の、一刻も早い生まれ変わりが待たれる——。


記述が勝手に更新《こうしん》される魔法の本らしかったが、最終更新日は十年以上前の日付だった。書いてある内容はむずかしかったが、【影】は生と死を統合しようとしており、たくさんの人を殺す力を持っていること、女王様がその身一つで封印していることを知ったリュウは、授業ではまったく教わらなかったその事実に愕然《がくぜん》とした。

「【影】は年々力を増している。アルケーやテロスたちが【影】を増幅《ぞうふく》させているのさ。妬《ねた》み、ひがみ、憎悪、痛み、悲しみ。一人一人の感情は小さくとも、数が集まればとんでもないエネルギーになる。それだけで王国も人間界も消滅《しょうめつ》させちまうほどの、バカでかいエネルギーにな」

「……バアさん。それを防ぐために、オレはなにができる？　知っちまった以上、だまっていることなんて、オレできねえよ」

イドはおどろいてリュウの顔を見た。リュウの顔はそれまでギャーギャー文句をいっていた子どもの顔ではなく、「王様の生まれ変わり」という、使命を知った男の顔になっていた。

イドは【影】の本を廟にもどし、これまたリュウが聞いたことのない「イコン」という呪文を唱えて鍵をかけた。

そして小さくため息をついて、リュウの顔を真正面からとらえた。

「新しい封印道具に【影】を封印する。お前という、新しい封印道具にな」

想像していた通りの答えに、無言でうなずいたリュウの頭を、イドはスパーンとはった。

「いってーな、ババア！　なにしやがるんだよ！」

「うぬぼれるんじゃないよ！　お前みたいな昨日今日、アルカディアにきたヒヨッ子が、女王様の代わりになれると思ってんのか!?　……三代目の王様は、ただ亡くなっただけじゃない。自身が【影】にとりこまれちまったんだ。その結果、多くの民を犠牲《ぎせい》にした。女王様の選択した、その身に【影】を封印する方法は諸刃《もろは》の剣《つるぎ》。世界を守る存在になるのか、破壊する存在になるのか、それは器の魔法力と精神力の二つにかかっている。お前には、そのどっちもない」

イドの言葉に、リュウはなにもいいかえせなかった。

「皮肉なことに、お前を新しい封印道具とすることで、元型たちと【影】の考えは一致しているのさ。シャーロックは、女王様の代わりの若く頑丈な器がほしい。【影】は実体がほしい。魔法の使い方も知らないお前なら、意のままに操れる最高の器になれるだろうさ。

アイリーンはお前をおびきだすエサとして偶然選ばれたにすぎない。お前はこの王国を救う救世主になるか、破壊する爆弾になるか、紙一重の存在だ」

自分の力のなさをつきつけられ、リュウは悔《くや》しさと情けなさで、頭がクラクラした。自分の無力さが、この世界を、アルカイクを、女王様の命を窮地《きゅうち》に追いこんだあげく、アイリーンをも危険にさらした。認めたくはなかったが、それは事実でしかなかった。リュウのにぎった拳が震える。

「……レオニダスじゃ、器になれないのか？」

プライドをかなぐり捨てて提案したアイディアすら、イドに一蹴《いっしゅう》された。

「バカも休み休みいえ！　あれが器になったら、よろこんで殺戮《さつりく》をくりかえすだけさ。むしろ【影】をできるだけレオニダスに近づけさせないようにするのが、元型たちの仕事だ。

お前を器にしようっていう、元型たちの浅はかな考えもあきれるが、女王様も伊達に長いこと女王様をやってるわけじゃない。もうちっとくらい、ふんばれるさ」

「じゃあ、オレができることって……？」

顔をあげたリュウに、イドはいった。

「強くなること。【影】をその身に封印し、操られないだけの強い肉体《からだ》と心を持つこと」

リュウは強い光を目にやどし、ゆっくりと首をたてにふった。

「それがわかったんなら寝るヒマはないよ。覚悟するんだね」


「アイリーンとリュウがいなくなって一週間……。二人とももう生きていないんじゃ……」

「バカ、めったなことというな！　殺されるぞ」

教室のすみで、レオニダスは窓の外をにらんでいた。アイリーンが双子の兄と似ているのは髪の色と目の色だけで、愛想がよく、だれにでも優しいアイリーンは、学院の人気者だった。双子の妹とライバルのリュウが同時にいなくなった心痛は理解できるものの、同級生たちはただでさえとっつきづらいレオニダスのあつかいに悩んでいた。

「レオニダス」

「アイリーンの居所がわかったのか!?」

声をかけたヒースクリフは、その件に関しては静かに首を横にふった。憎々しげににらみつけるレオニダスを、ヒースクリフは教室の外につれだした。

ヒースクリフが案内した場所は、アルカイクの特別室だった。王様と女王様をのぞく六人の元型たちが、豪華な調度品《ちょうどひん》の前で二人を迎えた。

「なんだ？　アイリーンを助ける算段がつかず、マズダー家との全面戦争をさける相談か？」

レオニダスの皮肉に、レオニダスの後見役の女戦士、ニライカナイが口をひらいた。

「今回の件は、我々の完全なる手落ちだ。すまない」

ニライカナイが、女性らしくないはっきりとした物いいでレオニダスにわびた。同じく後見役のシャーロックも口をはさんだ。

「あなたには知る権利があるので、隠しだてせずに話そうと思う。【影】が復活した」

「なんだって!?」

その声はヒースクリフでもレオニダスのものでもなく、特別室のドアの外で盗み聞きをしていたワットとジゼルのものだった。部屋に通されたジゼルは盗み聞きのいいわけをまくしたてたが、ワットは感情のおもむくまま、シャーロックにつめよった。

「なんでそんな大事なこと、オレたち王国民に隠してるんだよ!?　なんかうすうす怪《あや》しいとは思っていたんだよ。あんたが【影】を手引きして、そいつにリュウを襲わせたってウワサだしな！」

「ワット！　あんた、シャーロック様になんて口の利き方してんのさ！　あ、すみませんね。まだ教育が行きとどいてなくて、はい」

背の高いワットよりさらに高いシャーロックはジゼルを無視し、陰気な目でワットを見おろしていった。

「……ヘレネス家の弟の方か。姉も体力だけのバカな女だったが、頭と顔の悪いところはそっくりだな」

大勢の前で家族を侮辱《ぶじょく》されたワットの怒りは、超特急で沸点《ふってん》にたっした。

「オレがバカなのはわかってる！　けどな、姉《ねえ》ちゃんをバカにするのは許さねえぞ!!」

「ワット、少しだまっていてもらえないかな？　大事な話があるんだ」

シンができるだけおだやかにワットをなだめようとしたが、それはワットの怒りの炎に油を注いだだけだった。

「リュウとアイリーンの行方がわからないこと以上に、大事なことがあるのかよ！」

「そのアホならここにいるよ」

突然の声に、元型たちはもちろん、ワット、ジゼル、ヒースクリフ、レオニダスの四人もおどろいた。声の主は、子どものように背の低い老女のイド師範だった。イド師範は自分の体よりはるかに大きな荷物を片手で引きずってきたかと思うと、それを部屋の中央にドサッと放り投げた。

「リュウ!?」

泥と血にまみれたボロ雑巾は、まぎれもなく行方不明のリュウだった。気を失っているリュウに、ジゼルが万年筆で呪文を唱えようとすると、

「邪魔よ！」

と、金髪美少女のローゼリアが「キミア」を唱えると、みるみるリュウの顔に血の気がもどってきた。さらにボルヴァも、ローブから無言で小瓶をだした。ローゼリアがその毒々しい色をした液体をリュウの口にふくませると、リュウはうすく目をひらいた。

「ここは……？」

「リュウ！」

意識をとりもどしたリュウに、ワットとジゼルが安堵《あんど》の声をもらした。シンやリガーの姿を認めたリュウは、自分がどこにいるのかとっさに理解できなかったが、イドと目線があうと、

「オレ、生きてたんだ……」

と、大きなため息をついた。

「シン、大変なんだ。【影】の封印がやぶられた」

リュウがその言葉を使った瞬間、元型たちはまるで苦虫でもかみつぶしたような表情になっ

た。

「あれ？　もうみんな知ってたのかよ？」

「そこからは、あたしが話そう」

いぶかしがるリュウを制したイドに、ジゼルやヒースクリフだけでなく、元型の六人も頭をさげた。

「おいバアさん。あんた、一体何者なんだよ？」

リュウの疑問を解決できるのはたった一人、老人のキュア・キーン・リガーだけだった。

「お久しぶりですな、イド・マーリン・ブロンテ師範。いや、先の大戦を生き残った元型、『女魔法使いイド』とおよびしたほうがよろしいでしょうか？」

目を細めながら、銀のヒゲをなでるリガーの言葉に、リュウたちは、

「えええ――!?」

と、天地がひっくりかえるようなおどろきの声をあげた。たしかにテラ大戦を生き残った元型なら、あの強さといい、知識といい、王国最強のサトリの魔法使いとよばれるのもうなずける。

「オレ、とんでもないババアに弟子入りしてたんだな……」

と、目を皿のようにしてイドを見つめるリュウの顔面に拳をめりこませ、イドは静かにいった。

「ふん、今さらそんなカビのはえた名前を名乗るつもりはないよ。このバカのお守りをするこ

とになったのは、単なる偶然だ。もうちっと出来のよいヤツがよかったがね」

それだけいうと、だれの質問も受けつけないといった様子で、イドは話し始めた。

「女王様のあずかる封印の一つがやぶられたことは、お前たちも知っていると思う」

無言でうなずく元型とレオニダスたち。

「え？　知らなかったのオレだけかよ!?」

まわりをキョロキョロ見まわすワットを無視し、イドは話をつづけた。

「先の大戦のあと、女王様に選ばれたヴァシリッサは、あたしがとめるのも聞かず、本来八人であずかる封印を一人で引き受けた。生き残った元型がそこの老いぼれ一人だったので、封印をまかせられないと思ったか、ヒヨッ子の元型たちにあずけるのは危険だと思ったのか、理由まではあたしの知ったことじゃない」

老いぼれとよばれたリガーは銀色のヒゲをなでながら、遠い昔をなつかしむように「フォッフォ」と声をあげて笑った。ヒヨッ子とよばれた若い元型たち、シン、ニライカナイ、ローゼリア、ボルヴァの四人は、先の大戦の悲惨《ひさん》さを思いだし、顔をしかめた。シャーロックだけは陰気な表情のままだった。

「先の大戦では数万というアルケーが死んだ。元型王国と人間界は表裏一体、人間界でも相当な被害《ひがい》があったと聞く。【影】は実体がないので殺すことはできない。そのエネルギーの一部を封印し、力を削《そ》ぐことしかできない」

「ちょっと待てよ。女王様の封印に【影】が全部封じられているわけじゃないのか？」

リュウの疑問に、イドが答えた。

「バカなことをいうんじゃない。この世の中は恐怖や妬み、ひがみ、憎しみなどの負の感情で満ち満ちている。しかもその感情は増える一方だ。璽の封印がやぶられたのも、長年それを守っていらした奇数の王様の力が消えたためと考えることもできる。まあ、死んで十三年もたつんだ。責任は問えんだろうな。しかし八種の封印すべてがやぶられた時、生ある世界はすべて——破滅《はめつ》する」

部屋の者の視線が、リュウとレオニダスに集中した。


——お前は弱い——


どこからかまた聞こえてきた【影】の声が、リュウの心をさらに深くえぐった。

リュウの表情を見てとったイドが、部屋のすみにいる「若い元型たちよりさらにヒヨッ子」たちにつげた。

「しかし方法がないわけじゃない。【影】の力を削ぐのは封印だけじゃない。マイナスの力にマイナスの力で戦いを挑んでも、マイナスの力が増すだけ。マイナスエネルギーを打ち消すには、プラスのエネルギーが必要になる」

イドが、レオニダス、ワット、ヒースクリフ、そしてリュウの顔を順に見ていった。

「恐怖に打ち克《か》つための勇気、怒りや憎しみには許し、自分が特別、すごいと思われたい虚栄心には感謝で打ち克てる。

自分の食事一つ、着ているもの一つ、自分の肉体も知識も、すべてが他人の力なしでは成り立たないことを認める。自分に集中するのではない、相手に集中することで自ずと生まれる感謝、このプラスエネルギーをもってすれば、【影】に引きずりこまれず、勝利することができる」

モハーの橋、ヴェイコーグ・パラケルススでの幻獣との戦い、地下洞窟の鉄の扉など、リュウはマイナスエネルギーにマイナスのエネルギーで挑むことの無意味さを、嫌というほど知っていた。

「増えつづけるマイナスエネルギーを、もう一度壐に封じなおしたところで、いたちごっこさ。プラスのエネルギーで【影】を弱らせなければ、まず女王様が死ぬ。そして女王様が死んで、封印がすべてやぶられた時、この世界は終わる」

部屋の全員が静かにうなずいたその時、シャーロックの目が不気味に光ったのを、イドとリガーは気づかないふりをした。

「じゃあ、どうすればいいんだよ⁉」

たまりかねたリュウとワットが、同じ言葉でイド師範につめよった。

「アイリーンの救出、それが第一だ」

兄レオニダスの赤い瞳が、初めて動揺《どうよう》の色をおびた。

「【影】がアイリーンをさらった理由は、リュウ、レオニダス、【影】の器となりうるお前ら二人をおびきよせるのが目的さ。アイリーンは【影】の島にとらえられている。アルカディア第五の島にな」

イドの言葉に、リュウは仙酔島から黄金のドラゴンの背に乗って、この世界に初めてやってきた日のことを思いだした。第五の島を「あれは無人島」とはぐらかされた理由を、リュウは今ようやく理解した。

「しかしイド師範。あの島へ我々元型たちが上陸するとなると、王国の守りが……」

ニライカナイの淡々《たんたん》とした口調を、イドが断ち切った。

「ふん、相変わらず頭がかたいね。そこが【影】のねらい目だよ。お前たち元型を近づけず、リュウとレオニダスだけをおびきよせる最良の方法さ。つまり、アイリーンを助けたかったら、ガキだけをよこせってことさ」

イド師範の目が、四人のヒヨッ子たちを見た。レオニダス、ワット、ヒースクリフ、そしてリュウ。

「ハッキリいおう。勝ち目はない。ゼロだ。アイリーンどころか、こいつらも全滅《ぜんめつ》する確率の方がはるかに高い。それでも万に一つの可能性があるなら、それに賭《か》ける。奇跡《きせき》という可能性にな」

シンの拳が震えていた。前途ある子どもたちを死地におもむかせるなど、この国の「戦士」として、許せるはずがなかった。しかしシンが反論する前に、リガーが口をひらいた。

「私が王様に代わって命令しましょう。レオニダス、ワット、ヒースクリフ、リュウの四人はアイリーンを救出すること。そしてレオニダスとリュウは、真に奇数の王様の生まれ変わりというのなら、その身に【影】を封印すること。決してだれも【影】に取りこまれず、五人で生きて帰ってくること。これが命令じゃ。

王様の名にかけて、絶対に生きて帰ってくるのじゃ！」

「じゃあ僭越《せんえつ》ながら私めは、この勇者たちを島へ送りとどける役をさせていただきましょう」

どこかうれしそうなシャーロックが、胸から万年筆をとりだし呪文を唱えた。

「アンカリング、強制移動！」

その呪文が唱えられるや否や、四人の姿が煙のように部屋から消えた。

第7章

影との戦い

シャーロックの呪文で四人が飛ばされたのは、戦士、恋人、魔法使い、王様の島とはまったく雰囲気の異なる「第五の島」だった。空気までもが陰気でジメジメ湿っていて、落ちてきそうな灰色の重い空の下に、見渡すかぎりの泥炭地《でいたんち》が広がっていた。黒いセメントのようにぬかるむ地面に、四人は足をとられそうになった。

「もたもたするな、飛べ！」

レオニダスのその言葉に、ヒースクリフが「**ブルジュハリファ**」を唱え、四人は宙に浮いた。その直後、足元から不気味な植物が獲物をもとめて四人のいた場所に触手《しょくしゅ》をのばした。

間一髪、魔の手を逃れたリュウが、

「助かったぜ、レオニダス。サンキュー」

と礼をいうと、少し顔を赤らめたレオニダスがそっぽをむいていい捨てた。

「アイリーン救出までの臨時部隊《パーティ》だ。お前らとなれあうつもりは一切ない」

「素直じゃないんですよ、許してあげてください」

ヒースクリフの説明に、リュウとワットは口を覆って笑いをかみ殺した。

夜でもないのに島全体が暗い第五の島に、茂みというにはあまりに巨大な森と、森のむこうに廃墟《はいきょ》らしい塔が建っていた。

「あそこだ。あそこにアイリーンはいる」

と、レオニダスが断言した。双子の血がなせる業なのか、サトリの魔法でリュウがレオニダスの心をのぞいても、そこには「確信」の二文字しかなかった。

四人は塔を目ざして森にはいった。木々のすき間から見える塔を目ざして走っても、いっこうに塔は近くならなかった。むしろ空はますます重くなり、塔は遠ざかっているようにすら感じられた。

「おかしい、きっとこれは幻影の魔法だ」

ヒースクリフのその声に、陰気な森から一人の人物が現れた。その姿は、リュウが一番会いたかった人の姿をしていた。

「……どうして、どうしてあなたが……？」

それは、アルカディアに初めてつれてこられた日、自分を助けてくれた「偶数の王様」だった。大きな体格の王様は、あの時と変わらず目に優しい光をたたえ、リュウを見つめていた。

「リュウ！　だまされるな、幻影だ！」

ヒースクリフの警告に、リュウはうしろに飛びのいた。リュウが今まで立っていた森の地面には、爆弾でも投下されたような大きな穴があいていた。

「幻影の森の主《ぬし》か、ずいぶん姑息《こそく》なマネをする」

「幻影の森？」

レオニダスの言葉を聞きかえしたワットに応え、ヒースクリフが三人に説明した。

「ルールがわかりました。幻影の森、忘却《ぼうきゃく》の河、絶望の原、嘆《なげ》きの塔、この四ヶ所をクリアしないと、人質はかえしてもらえないらしい。以前、王国ではやったゲームの模倣《もほう》です。今回の黒幕は、ずいぶんいたずら好きのようですね」

ヒースクリフはそういうと、陰気な鳥が鳴く森の切り株を「偶数の王様」にすすめ、自身も近くの切り株に腰かけた。

「小細工はいい。そちらの望むルールで勝敗を決めましょう。剣ですか？　魔法ですか？」

すると、「偶数の王様」は口元をゆがめ、王様らしからぬ顔で下品に笑った。

「よかろう。そうやって誘導《ゆうどう》するあたり、剣も魔法も得意なようだ。だったら頭を使った勝負をしようじゃないか。見たところ、この四人の中でお前だけが頭がいいらしい」

「なんだと!?」

と、否定できない三人だった。成績が学年一位というだけでなく、新入生とは思えないヒースクリフの知恵や知識には、学院中が一目《いちもく》置いていた。

「クイズだ」

そういうと、「偶数の王様」は一冊の本を懐からとりだした。幻影とはいえ、シン以上に筋肉隆々《りゅうりゅう》とした大きな体つきの敵と、優男ともいえるヒースクリフの細い体つきを見比べて、リュウは肉体勝負でなくてよかったと胸をなでおろした。

「ルールは簡単。オレのだす問題に答えろ。当てずっぽうじゃだめだ。では第一問。この本はアル・アジフといって、暗黒世界のすべてが書かれている。異形の者をよびだしたり、邪神《じゃしん》によって自分の欲望をかなえる方法がな。この本は時代をこえて、人間界の権力者たちの手に渡ってきた。しかし本の前半分だけが、ところどころやぶられたり、ページごとなくなっている。それ、なーぜだ？　制限時間は十秒」

「偶数の王様」がニタニタと嫌な笑い方をした。答えどころか、質問の意味すら理解できないリュウとワットがレオニダスに解説をもとめたが、

「人間界での本のあつかいなど、オレが知るわけないだろう」

と、まったく他人事《ひとごと》だった。

「時間切れ！　さあ答えは？」

ヒースクリフは退屈そうな顔で答えた。

「この紙は食べられる素材でできている。権力者たるもの、いつ人に追われてもいいように、非常食を用意するのは当たり前だろう」

あまりにもあっけなく正解された「偶数の王様」は、グヌヌ……とくやしさをあらわにした。

「まぐれで一問答えたぐらいでいい気になるな！　次の問題だ。

では、なぜそんな貴重な魔法の本を人間たちは食べた!?　内容がわからなくなるというのに！　制限時間は同じく十秒……」

「この本は、すべて回文で書かれている。前から読んでもうしろから読んでも同じにな。つまり後半さえ残っていれば、本の内容はすべて理解できる。お遊びはそれだけか？」

そんなくだらないクイズにつきあうこと自体、時間の無駄だという態度で、ヒースクリフは切り株から立ちあがり、「偶数の王様」に背をむけて塔の方向に歩きだした。

「お、おのれ、バカにしおって！」

「偶数の王様」が剣をぬいた瞬間、ヒースクリフの万年筆が光ったように見えた。

「ちゃんと初めに断っておいたはずだ。魔法は得意だってな」

王様の姿が、ローブ姿の老いた魔女《まじょ》にもどった。

「幻影を見せる老魔女ハグ……か。先の大戦で【影】についた、おろかな魔法使いだ。さあ、先を急ごう！」

ヒースクリフのかけ声に、三人は再び塔にむかって走りだした。

「なあ、本当はヒースクリフって強いんじゃねえのか？」

走りながらたずねてくるワットに、レオニダスが面倒くさそうに答えた。

「どうしてオレが、あんな目ざわりな『お付き』を許していると思ってるんだ？　あいつほど腕が立ち、敵にまわしたら厄介なヤツはいないからだ。頭もおそろしくキレるしな」

「じゃあ、さっきのクイズって……」

「あいつにとっては朝飯前だろう。知っているどころか、あいつならその本を丸暗記していても不思議じゃない。あいつの読んだ本は百万冊、暗記している本は一万冊と聞いている」

「……聞くんじゃなかった」

と青ざめるリュウとワットに、

「急ぎましょう！」

と、ヒースクリフは先をうながした。

「ちくしょー、空飛ぶボードを持ってくればよかったぜ」

汗をぬぐいながら、リュウがぼやいた。まったくだ、と三人がうなずく。

「初めて仲間《パーティ》の意見があったな」

と、リュウが笑った。

「ぬけた！」

幻影の森をぬけた四人の目の前に、むこう岸の見えない大河が現れた。

「忘却の河。この河の水を飲めば、この世での記憶どころか、前世《ぜんせ》の記憶も忘れてしまうといわれている危険な河だ」

ヒースクリフの説明を聞きながら河岸《かわぎし》に立ったリュウが、どうやってむこう岸に渡ろうか考えていると、よどんだ河の水面が不気味にゆれた。

「あぶない！」

ワットに首根っこをつかまれ尻《しり》もちをついたリュウが「なにするんだよ！」とワットに殴りかかろうとした瞬間、忘却の河から水柱《みずばしら》が立ちのぼり、美しい姿をした女性の精霊《せいれい》が姿を現した。

「ウンディーネ、魂のない水の精だ。自分が好きになった男の魂をうばって、その時々の生を楽しむ、あの世とこの世の境界線のない生き物だ」

そう三人に説明したヒースクリフを見つめて、ウンディーネは艶《つや》やかな色っぽい声でいった。

「あら……ん。ハグはずいぶんあっさりやられたみたいね。私の相手はだあれ？　銀髪のあなたがいいわね、私のこと知っていてくれたのもうれしいわ。背の低い黒髪の男の子たちは、あと何年かしたらイイ感じに成長しそうね」

じっくり男子を値ぶみするウンディーネに、ただ一人無視されたワットがずいっと進みでた。

「おいおいおい！　一番男らしいワット様をさしおいて、話を進めてもらっちゃ困るぜ！　あんたの相手は、このオレだ！」

その言葉に、ウンディーネだけでなく、リュウとレオニダスもがっかりした表情になった。

「なんなんだよ、お前らまで！　ちっとはオレを信用しろって！」

「いいわ、そのブサイク面《ヅラ》をいつまでも見ていたくないから、さっさと殺してあげる。それが私の愛情よ」

「ブサ……！　おのれ、その言葉、すぐに後悔させてやるからな。**「モンステラ、水よ攻撃しろ！」**」

魔法の授業で抜群の成績だった「モンステラ」を唱えたワットが勝利を確信した。いくら水の精霊とはいえ、不意の攻撃には弱いはずだ。

しかしウンディーネは、ワットの攻撃はそよ風程度にしか感じていないらしく、涼しげに長い髪をかきあげた。

「今の……なに？　水遊びならほかでやってほしいんだけど」

あくびをしたウンディーネに**「ホヌ！」**と呪文をかけられたワットの体がかたまった。

「な、オレの体になにをしやがった……？」

「いったでしょ、あんたのブサイクな顔を見ていたくないから、そろそろ息の根をとめてあげるわ。さあ、河の水を飲んで、記憶をなくしてしまいなさい」

「だめだ、ワット！　水を飲むな！　息をとめるんです!!」

ヒースクリフの声が大河にひびいたが、まるで底なし沼《ぬま》に引きずられるように、ワットの体が河の中にしずんでいった。ワットは万年筆をふりまわしながら、河の水を相手に必死にもがきつづけた。

「無駄よ、無駄無駄無駄！　水には境界線がないの！　息をとめたところで忘却の河の水は、口、鼻、目、耳、毛穴、あらゆる器官から体に侵入《しんにゅう》し、その記憶をうばってしまうわ。次に目をさました時は、ここにきた目的も、家族のことも忘れてしまうでしょうね！」

「ワット！」

ウンディーネの操る水の触手が、ワットを頭の先までスッポリと河の底にしずめた。

「あっけなかったわね。次はだあれ？」

すでにワットのことなど忘れてしまったかのようなウンディーネの足元から、水泡《すいほう》がブクブクと浮かびあがった。

「まさか……」

おどろくウンディーネの前に現れたのは、万年筆を右手で構えたワットだった。ずぶぬれになりながらも、勝利を確信したワットの笑みに、河の中でウンディーネが後ずさった。

「お前の余計な一言のおかげで、ママのことを思いだしたぜ。ママがいってたんだよ。〈魂は体の中にない、魂の中に体がある〉ってな。ということは、魂のないお前は存在していない。お前は存在していない、お前は存在していない……」

「まさか、その魔法は……」

ウンディーネの顔から余裕の色が消えた。万年筆を構えなおしたウンディーネより速く、ワットが大声で呪文を唱えた。

「🖋フォールスコンセンサス！　オレの前から消えろ」

声もなく、ウンディーネはしぶきとなって消滅した。河からあがったワットの背をたたいたリュウとヒースクリフが、ワットの機転を称賛した。

「あの状況で、よくあの呪文を思いつきましたね」

「『フォールスコンセンサス』ってどんな呪文なんだ？　授業でやってねえよな？」

二人の質問に、ワットは得意げに胸をはって答えた。

「ああ、うちのママが占いの時によく使ってる魔法なんだよ。いわゆる『思いこみの力』ってやつさ。なんの効果のない薬でも『これは元気になる薬です』っていわれれば、不思議と効くだろ？

つまり、オレが『存在しない』って強く願ったら、それを強力に増幅する魔法なんだよ。

ヒースクリフが『魂のない精霊』って教えてくれたおかげだぜ。ま、実体のある相手じゃ、こうはうまくはいかなかったぜ」

「運だけはいいらしい。次の相手も似たようなヤツだったら、同じ手でたおせるな」

レオニダスのからかいに、ワットが青ざめた。

「冗談じゃないぜ！　あんな死ぬ思い、何度もできるか！　次はお前がやれよ‼」

「ふん。……いわれなくても、敵は待ちきれなかったようだ」

忘却の河が霧状に蒸発すると、広大な平原が現れた。今度の敵は一人ではなく、大勢で、しかも巨人だった。視界を埋《う》めつくすほどの巨人の群れ。まさに「絶望の原」にふさわしい光景だった。

「スプリガン……【影】に魂を売り、幽霊として生きるしかなくなった巨人族か」

レオニダスは万年筆ではなく、ローブの下に忍ばせておいた剣に手をかけた。

「やれやれ。……まさかこんなザコ相手に使うハメになろうとはな」

レオニダスの赤い瞳が、ギラリと怪しい光をおびた。

「いけない、二人ともふせて！」

ヒースクリフが、リュウとワットの頭を草原に押しつけた。

「いってーな、なにするんだよ！」

騒ぐリュウの頭をもう一度地面に押しつけたヒースクリフは、流れる冷や汗もそのまま、風に吹かれるレオニダスの背をじっと見つめた。

「あれはヒヒイロカネ。【影】を封印をしたレガリアと同じ素材で作られている魔剣《まけん》だ。マズダー家の者が一太刀《ひとたち》ふれば、あとには百年、草木も生えないといわれている強大な破壊力を持つ……」

ヒースクリフの言葉が終わらぬうちに、周囲が真っ赤な閃光《せんこう》につつまれた。三人はまぶしさに目を開けていられなかった。

——どれくらいの時間がたったのか。光が晴れた「絶望の原」には、火事のあとのような煙のにおいが残っていた。三人が目を開けると、レオニダスの目の前にはクレーターのような大きな穴があいており、ヒヒイロカネに切り刻まれたスプリガンたちの、燃えた残骸がそのままになっていた。

「ふん。大勢をたおす時以外、使い道のない道具だな」

平然と剣を鞘《さや》におさめるレオニダスに、ワットの腰が引けた。

「安心しろ。アイリーンをとりもどすまでは味方でいてやる。そのあとの保証はまったくできないがな」

「アイリーンはあの塔にいる、急げ！」

四人は再び「嘆きの塔」にむかって走りだした。

塔は前世紀の遺物らしく古びており、いかにも「廃墟」らしい朽ちた塔だった。入り口はなく、代わりに大きくせりだした壁が、ねずみがえしのように地上からの侵入者をはばんでいた。

「この塔の設計者は、頭はよいですが、性格は悪そうですね」

塔への侵入方法を考えているヒースクリフの横で、リュウは「サトリの魔法」を使ってアイリーンの居所をたしかめた。

「間違いない、アイリーンはここにいる。まだ生きている」

その言葉にも微塵《みじん》の安堵も見せないレオニダスだったが、赤い瞳は妹の奪還《だっかん》を誓っていた。

「『ブルジュハリファ』の呪文で、とりあえずあの壁の上にのぼってみるか」

リュウの提案に四人が呪文を唱え、せりだした壁に手がかかりそうになったその時、ワットの足を何者かがつかんだ。

「のわっ!?」

ワットは思わずレオニダスのローブをつかんでしまい、落下した二人を助けようと、ヒースクリフも地上に落ちた。すると今まで地面だったところが、一瞬で大河になっていた。

「おほほほほほ！　あんな呪文程度で、この私が消滅するとでも思ったの!?　こーのブサイク面《ヅラ》！　あんまり調子に乗ってると、切り刻んで魔界魚《まかいぎょ》のエサにしてやるわよ！」

それは先ほど消滅したと思われたウンディーネの仕業だった。それでもワットの呪文の効果もあったらしく、美しい顔の左半分が、二目《ふため》と見られぬ顔になっていた。

「ワット！　ヒースクリフ！　レオニダス!!」

一人、壁の上に乗っていたリュウは、三人を助けようと濁流《だくりゅう》と化した塔のふもとに飛びこもうとした。それを制止したのはレオニダスだった。

「お前は先に行け！　そしてアイリーンを……たのむ」

リュウは迷った。アイリーンの命と、三人の仲間の命。五人で生きて帰れという「命令」。

「行け！」

腰まで水につかったヒースクリフとワットの声も、リュウをあと押しした。リュウは覚悟を決めて、塔の下の三人に叫んだ。

「わかった！　お前たちを信じているからな！　もし、生きて帰ったら……」

「バーカ！　生きて帰るに決まってんだろ！　オレもお前もアイリーンもな！」

一番おぼれかけているワットの強がりに、リュウは精一杯の笑顔を見せた。

「そん時は『サマーディ』で、スイーツの大食い競争しようぜ！　ババアのおごりでな！」

錆《さ》びた塔の扉を「バラクスキナー」の呪文で解錠したリュウは、螺旋階段を一気にかけのぼった。長い長い階段を、息を切らしながらのぼりきると、最上階と思われる広い部屋にたどりついた。

細身の男のうしろ姿。ふりかえった男の顔を見たリュウは、自分の目を疑った。

「あんたが……黒幕……」

蔦《つた》にからめとられて宙《ちゅう》吊《づ》りにされたアイリーンの下で、万年筆を手に、首をコキコキ鳴らす青白い男の顔が暗闇に浮かんだ。男は短い金髪をかきあげると、いやらしい笑い方で、

「待ちくたびれたぞ、生け贄」

と、リュウに話しかけた。

それは、仙酔島にリュウを迎えにきたピントだった。初めて会った時からいけ好かないヤツだが、人一倍アルカディアを想う気持ちの強いピントが、なぜ王国を破滅させる【影】の手先になったのか？

「……なんで、シンやリガーたち元型の側近であるお前が、こんな真似をしたんだ？」

長身のピントはフンと鼻を鳴らして、リュウを見おろしながら語り始めた。

「……今の王国は穢《けが》れている。理想郷を謳《うた》いながら、由緒《ゆいしょ》ある血縁《けつえん》を排除《はいじょ》したり、テロスなん

ぞとの交流も認めた。代々の伝統ではなく、運のよし悪《あ》しですべてが決まる不平等な世界だ。シャッテン様は今は実体こそないが、死こそ平等という崇高《すうこう》なお考えの持ち主だ。アルカディアは理想郷といいながら、なぜ死者との境を作る？　死への恐怖をつのる？」

「シャッテン？」

ピントは、相手の無知を心からあわれむように、両腕を天へのばして嘆いた。

「これだからテロスは！　無知は罪、無学は罪悪だ。お前たちが【影】とよんでいるあのお方は、真の名前でよばれるたび力をたくわえられる。罪、憎しみ、それらすべてが、あの方の復活の力となる。シャッテン様と我らが真の名前でよぶたび、あのお方の理想とされる平等な世界が創られるのだ。お前にも、その名をよぶことを許してやろう、シャッテン様、シャッテン様、シャッテン様!!」

――イカれてやがる――

嫌悪感に眉をひそめるリュウに、ピントは大げさな身ぶりで語りつづけた。

「まだシャッテン様の偉大さを知らないお前にもわかるように、証拠を見せてやろう。お前も人間界から王国へおとずれる時に見ただろう？　この第五の島。この島こそが冥界《めいかい》への入り口、真の理想郷なのだ。しかし元型たちはそのことを王国民に隠している。なぜか？　自分たちだけが死を操りたいからだ。

シャッテン様は冥界との扉を開けようとされている。本当に平等な、理想の世界のために。女王が死んだあかつきには、シャッテン様はお前の肉体を使ってよみがえられる！」

熱く語るピントを、リュウは冷たい瞳で見つめた。

「じゃあ、どうしてアイリーンをさらった？　器なら、オレかレオニダスのどっちかだろ？」

ピントは、「おおお……」と顔を覆って、リュウの無知を心の底からあわれんだ。

「テロスは好戦的だ。意見があわなければすぐに戦おうとする。我々は話しあいたいのだよ。封じられたシャッテン様にお前一人をささげたところで、お前の肉体がもたない。だからお前とレオニダス、双子のアイリーンの三つの体を使えば、お前たちは死なずにすむ。シャッテン様のこの大いなるお心遣《こころづか》い！　私たちは敵ではない、たがいの利益を共有できる同士なのだよ」

仙酔島で見せたような、うさんくさいまでのうやうやしさで頭をさげたピントに、リュウは胸が悪くなるのを感じた。

「やっとわかったぜ。どうして初対面のお前をぶん殴ったのか。お前が心の底から、どうしようもない、根性の腐《くさ》りきったヤツだったからだ」

「？　なにをいっている？」

ピントが初めて、ピエロのような話し方をやめ、真顔でリュウに聞きかえした。

「お前の心の中、シャーロックへの嫉妬《しっと》で真っ黒だぜ。自分が先の大戦とやらで手柄《てがら》をたてたのに、『魔法使い』の元型に選ばれなかった。推薦しなかったリガーも、イド師範もさすがだよ。お前は【影】を利用しているつもりで、とっくに【影】にとりこまれていたんだよ！」

「サトリの……魔法！」

「助けをもとめた時、そうそう力をかしてくれないのが神様仏様だぜ。そういう時に手をかすヤツは、悪魔や魔物って決まってるんだよ」

「だ、だまれ、だまれだまれだまれぇ!!」

「よかったぜ、お前のようなクズが相手だと、こっちも遠慮なくぶちのめせる」

リュウは万年筆を構えると、ピントに焦点《しょうてん》をさだめた。

「ミッドガルド、破壊！」

「スエバイト、粉砕!!」

リュウの破壊呪文をピントは上級呪文ではねかえした。その威力《いりょく》に、リュウは部屋の端まで吹っ飛ばされた。

「本気になれ！　真に奇数の王様の生まれ変わりなら、私など敵ではないはずだ」

「ミッドガルド、破壊！」

「バックトラップ、術者にかえれ！」

再びリュウの体が吹き飛ばされた。元型の側近であるピントに、新入生のリュウが魔法でかなうわけがなかった。あまりにふがいないリュウに、ピントが視線をあげた。

「仕方ない、交渉《こうしょう》といこう」

そういってピントは、宙吊りにされている天井のアイリーンに万年筆をむけた。

「✒マイレ・カレイキニ！」

ピントが唱えた二つの呪文を受けた蔦が、より強い力でアイリーンを締《し》めだした。

「アイリーン!!」

「安心しろ、シャッテン様のお導きで、生と死のどちらでも生きられる肉体にしてやるのだ。感謝しろ」

「……てめえ……」

「さらばだ、奇数の王様の生まれ変わり。**「✒スエガルド、粉砕せよ！」**

ピントに万年筆をむけられた瞬間、勝利を確信したリュウが笑った。

「待ってたぜ、この瞬間を！」

ピントの青白い顔が、さらにみるみる青ざめた。

「インク切れ……!?」

「長生きしているヤツのいうことは聞いたほうがいいぜ。リガーのジイさんがいってたよな？

〈道具を大事にしない魔法使いなんていない〉って。お前は【影】に魂を売っただけじゃなく、魔法使いの誇《ほこ》りも売ったんだよ！　くらえ……、「🖋ミッドガルド!!」

リュウの万年筆から放たれた破壊呪文は、それまでの威力をはるかにうわまわり、ピントの背後の壁を粉々に砕いた。かろうじて直撃をかわしたピントが、服についたホコリをはらいながらいった。

「なるほど、仲間が危機に瀕すると実力をあげるタイプか……。気に入った。私の一番嫌いなタイプだ……。シャッテン様？　**よくやったピント、お前の肉体は私が使ってやろう。そ、それは……。もういい、お前の用はすんだ。だまれ……」**

突然ピントの声に、聞き慣れない低い男の声が入り交《ま》じった。その瞬間、リュウはピントの心が見えなくなった。どす黒いどころではない、漆黒《しっこく》に塗りなおされた心の持ち主が、リュウに自己紹介をした。

「初めまして、いや。お久しぶりだね奇数の王様」

「シャッテン……？」

「光栄だね、前世のあなたには、その名前でよんでいただけなかったから」

【影】の魔法力は、今までのピントとは比べものにならないほど強大だった。例えるなら、津波がくる前のおだやかな海のように、不気味でおそろしい力だった。リュウは初めて心が読めない相手との戦いに、自分がおびえているのを感じた。

礼儀正しい口調とは裏腹に、【影】は強大な黒いエネルギーを全身で発しながら、リュウに近づいてきた。

「つぶせ、カリギュラ」

呪文とともに、見えない重力がリュウの全身をふみつぶした。視界に広がるのは地面と自分の真っ赤な血の色だった。体中の骨が砕かれたような痛みに、リュウは指一本動かすこともできなかった。ピントとは比べものにならない破滅的な魔法力。自らの血の海にうつぶせにたおれたリュウにむかって、【影】はさらに呪文を唱えた。

「バラススキナし、鍵を開けよ」

自分の心を相手に読ませないリュウの防御術を、【影】はあっけなく破壊した。

「お前の心を読みあげてやろう。……お前はこの状態でも、自分がまだ強くなれる成長と、好奇心を楽しんでいる。しかしそれでは私には勝てない。

お前に足りないものを教えてやろう。それはヒーローになりたいという気持ち、救世主になりたいという気持ち、注目を浴びたいという気持ちだ。それがなければ、私には勝てん」

そういうと【影】は、うつぶせのままのリュウの背中をいきおいよくふみつけた。リュウの背骨が砕ける音がし、声にならない悲鳴がもれた。力の差は歴然だった。光の先に絶望が見える。イドの「やりあうには程遠い」という説教が、今さらのように遠くに聞こえた。宮城《きゅうじょう》で衛兵たちにとらえられた時の比ではない。

リュウはハッキリと「死」を意識した。体が動かない。これが「恐怖」……？

「甘い、甘い！　この期《ご》におよんで、まだ自分が死なないと思っているとは！」

そういうと、【影】はひどくつまらなさそう表情になった。あきらかに退屈している様子だった。【影】は新しいオモチャを用意するような口ぶりで、万年筆を手にした。

「この女と、自分の命だけでは不足のようなら、こいつもオマケにつけてやろう。「アンカリング、引きよせよ」」

「ミー！　ミー!!」

それは聞き慣れたドラゴの声だった。【影】はドラゴの首根っこをつまみあげると、値ぶみするようにいった。

「五本爪《づめ》のロイヤルドラゴン。先の大戦で絶滅したと思っていたが、生き残りがいたとはな」

すると、ドラゴは目に涙をいっぱい浮かべて、【影】の指を力一杯かじった。

「……このっ！」

【影】はドラゴをふりほどくと、サッカーボールのようにいきおいよく蹴り飛ばした。

「ドラゴ!!」

塔の壁に激突し、ドラゴはそのまま動かなくなった。リュウの絶叫がひびき渡った。【影】はかまれた右手をいとおしむようになで、ドラゴに万年筆の照準《しょうじゅん》をあわせた。

「……ドラゴンは、一番近くにいる者の影響を受ける。テロス風情の野蛮《やばん》な影響を受けたドラゴンなど穢らわしい！　八ッ裂きにして、その皮はいでくれる！」

「やめろ、やめろー!!」

どこにそんな力が残っていたのか、リュウが力まかせに【影】に体あたりした。ドラゴとアイリーンを助けたいという気持ち、アルカイクの仲間の元へ帰りたいという気持ちが、リュウに信じられないような力を与えたとしか思えなかった。

【影】に馬乗りになって、剣のように万年筆を構えたリュウに、【影】は初めて危機をはらんだ声をあげた。

「バカな、自分がどうなってもよいのか？　その体で魔法を放ったら、お前の肉体が壊れるぞ!?　やめろ、その肉体は私の復活のための器だ。大事にあつかえ。壊すな、壊すなぁ!!」

「ごちゃごちゃうるせえよ、お前は……消えろ！」

その瞬間、リュウの万年筆がまばゆい黄金の光を放った。仲間たちの、親友シンの、宮城で自分を救ってくれた王様の、そしてまだ見ぬ女王様の大いなるエネルギーを、リュウは体中に感じた。

「やめろ、やめるんだ、奇数の王……、奇跡の王……！」

「消えやがれ！　ゲシュタルト！」

リュウは封印の呪文を唱えると、全神経を集中させて【影】の眉間に万年筆をつき立てた。

その瞬間、黄金の光が【影】のエネルギーをつつみこみ、キラキラまぶしい光を放って【影】は宙に消えた。

しばらく呆然としていたリュウだったが、痛む体を引きずって、気を失ったピントとドラゴと、蔦から解放されたアイリーンに近づいた。

「アイリーン！　ドラゴ！　大丈夫か!?」

自身が一番大丈夫ではないリュウが、血まみれの体でアイリーンを助け起こした。うすく目を開けたアイリーンにリュウがホッとしたのもつかの間、アイリーンは恐怖の顔で、天井を指さした。

「リュウ、まだ、まだよ……。今回の本当の黒幕は……」

それだけ伝えると、アイリーンは再び気を失った。

塔の屋上に通じる鉄のハシゴをのぼったリュウに、洞窟鳥《どうくつちょう》が不気味な声で歌いかけた。

――美しい破滅に、魅いられて、愛して、生きているだけで罪

――黒はすべてを覆いつくす色、闇こそが美しい、永遠に若く見せる色

――もう引きかえせない、もう引きかえせない……

「🖋バラクスキナし、解錠」

塔の屋上だと思っていたそこは、あまりにも意外な場所だった。そしてリュウを待っていた人物も、意外すぎる人物だった。

「……あんたが、黒幕……？」

第8章

奇数の王様

リュウが押しあげた天井の鉄の扉が通じていたのは、宮城《きゅうじょう》の寝室だった。

偶数の王様に助けられたあの日と変わらぬまま、寝室には豪華な天蓋つきベッドが置かれていた。

唯一の違いは、ベッドにシワだらけの色の黒い人物が横たわっていたこと、正確には、横たわっていたのではない。それは、豪華な衣装を着せられた「赤ん坊の遺体」だった。

「リュウ、会いたかった。東の風に乗って現れた男の子、私の生まれ変わり」

リュウの頭の中に声が聞こえた。

ギョッとして後ずさったリュウに、声の主があやまった。

「リュウ、おどろかせてしまって申しわけありませんでした。今、私はサトリの魔法であなたの頭の中へ話しかけています。お気づきのように、私は生きていません。ここはあちらの世界とこちらの世界の境目の空間です。完全にあちらの世界へ旅立つ前に、私はどうしてもあなたと話がしたかったのです。宮城の寝室に模したのは、単に私の趣味です。いたずらは生きているころからの私の趣味でして、よく元型たちに怒《おこ》られました」

「奇数の、王様……？」

金縛《かなしば》りにあったように動けないリュウの頭の中で、「赤ん坊」がうなずくのが見えた。

「ご覧の通り、私は赤ん坊です。色も音もにおいも味も感じることなく、肉体の成長もない状態で、奇数の王様として生まれました。あったのは、リュウ、あなたと同じサトリの魔法だけ。キュア・キーン・リガーはよく、私のいたずらの片棒をかついでくれましたよ。アルカイクの教室に爆竹《ばくちく》をしかけたり、マーリン横丁のスイーツを全部唐辛子《とうがらし》味にしたり。いやいや、そんな話をし始めたら楽しすぎて、ますますこちらの世界からはなれられなくなってしまいます」

突然のことで頭が真っ白になっているリュウに、奇数の王様は話をもどした。

「リガーたち元型のおかげで、私はこんな姿でも、数十年間『王様』としてつとめることができました。しかし私は先の大戦で【影】にやぶれ、王の証《あかし》である指輪を焼いてはずされました」

見れば赤ん坊の右手には、リュウとそっくりなヤケドの痕があった。

アイリーンのこと、生まれ変わりのこと、【影】のこと。リュウは「黒幕」に会ったら問いつめたいことがたくさんあったはずなのに、言葉にできないもどかしさにいらだった。

それを察知した奇数の王様は、リュウの代わりに質問と答えをまとめて答えてくれた。

「【影】の目的は、生と死の世界を統一することです。しかし【影】を解放すれば、アルカディアだけでなく、人間界にも災いが降りかかります。私は【影】の封印を守るためだけにこの世に生まれ、生かされていました。本当に幸せでした」

王様の答えに、リュウは自分の耳を疑った。五感もなく、成長もせず、【影】の封印のために生かされただけで幸せ？

リュウのおどろきを受けとめた奇数の王様は、リュウの頭の中でニッコリとほほえんだ。

「リュウ。欠けているものに集中しないことです。親がいない、お金がない、健康、知識、時間がないと、何事についてもないことを悲しむのではなく、なにを与えられて生きているのかに気づき、感謝するのです。

『ないもの自慢』で、私に勝てるとお思いですか？

私には五感も、肉体の成長もありませんでしたが、生まれた使命をまっとうしてこの世を去るのです。私以上の幸せ者がいるでしょうか？」

なにも言葉が見つからないリュウに、奇数の王様はつづけた。

「偶数の王様は、あなたに『生』を教えてくれましたね。なので私は『死』を教えましょう。

【影】はあなたを死への憧れへと誘《いざな》います。でもおぼえていてほしいのです。いつかあなたは、あなただけではなく、だれでも生という舞台《ぶたい》を降りるのです。いつかはあちらの世界へ逝《ゆ》くのです」

――あなたは十分傷ついた。人は変わる。人は変われる。

あなたは今、私の腕の中で生まれ変わるのです。愛と光の中で生きるのです。

今夜、私はあなたの傷ついた魂を買ったのです――

奇数の王様の言葉に、リュウはハッとした。

偶数の王様が自分に教えてくれたのは、間違いなく「生について」だった。


――死について教える――


リュウの顔つきが変わったのを見た奇数の王様は、リュウの頭の中で優しくほほえんだ。

「【影】は死の恐怖からの解放のために、生と死の統合を理想としていますが、それは生の歓《よろこ》びをうばうことです。死があるから、人は今ある命を大切に生きるのです」

リュウは静かにうなずいた。

「あなたはいつか生という舞台を降りなければいけない。それは、さけられない事実です。ドラゴのようにイヤイヤをしたところで、逃げられない現実です。

ではその瞬間、人はなにを考えるかご存知ですか？

死への恐怖ではない、精一杯生きていなかったことを後悔するのです。

一生懸命生きて、愛して、学んで、人のために生きた者は、笑ってこの世界を去り、死を友として迎えることができるのです。

『生きた者』にとって、死は恐怖でも解放でも逃避でもない。ただの選択であり、友なのです。そして、精一杯生きて、使命をまっとうした者は、その日を迎えた時になにをするのでしょうか？

一片の悔《く》いなく、舞台を降りるのです。次の世代にその舞台をゆずるために。

今のあなたは、何百年、何千年と、私たち奇数の王様が命をつないだ、私たち先祖の唯一の生きた理由です。あなたの『今』のために、私たちはみな命をささげたのです」

その言葉を聞いた途端、リュウのほおを熱いものが伝った。

親のない自分は、ずっと孤独だと思っていた。けれど自分は一人じゃなかった。代々の奇数の王様が、自分を信じてこの王国の未来をたくしてくれた。

リュウは今、自分の存在の意義、生まれてきた意味を知った。

とまらない涙をぬぐうリュウの頭の中で、不意に奇数の王様の声が遠くなった。

「約束してください。絶対に親より先に逝《い》かないと。それ以上の親孝行はありません。そしてもう一つ『王様だったらどうするだろう』とは考えないでください。あなたはだれでもない、たった一人の『あなた』なのですから。

そしていつかその日がおとずれ、私と再会した時にあなたの生きた物語を自慢してください。

ええ、どれだけ長くても結構です。気が長いことだけが、私の取り柄《とえ》ですから。

それでは、いつか再会の時まで……」


目ざめたリュウの視界に広がったのは、宮城の寝室ではなく、アルカイクの医務室の天井だった。

涙と鼻水でグチャグチャになったジゼルが、ワットを押しのけ、ベッドに馬乗りになってリュウをゆさぶった。

「死んじゃったかと思った！　ドラゴが探してくれたんだよ！　あんたのにおいをたどって!!」

「いて、痛えって！　本当に死ぬだろうがよ！」

ジゼルにゆさぶられたリュウのベッドに、包帯とバンソウコウ姿のドラゴが自慢げにシッポをふって飛び乗ってきた。痛みをこらえながら包帯だらけの右腕をのばし、すりよるドラゴの頭をリュウはそっとなでた。

「そっか……。お前が見つけてくれたのか。ありがとうな。それとオレ、お前にあやまらねえとな。猫みてえっていったけど、それ撤回《てっかい》。犬みてえだな」

「ミー！　ミー！　ミー!!」

怒るドラゴの声を遠くに聞きながら、リュウはハッとして体を起こした。

「アイリーン！　アイリーンは!?」

その名前にワットとジゼルの顔がこわばった。ドラゴまでもがビクビクした表情で、リュウのベッドの下にもぐりこんだ。悪い予感に、ベッドから飛び起きたリュウは二人を問いつめた。

「な……なんだよ、それ……」

その声に、ワットとジゼルが顔を伏せる。

行き場を失った怒り《いか》に、リュウはワットの胸ぐらをつかんで大声で怒鳴った。

「アイリーンはどうなったんだよ!?　なんとかいえよ、おいっ!!」

「どうしたんですか？　大きな声をだして」

ヒースクリフの声につづいて医務室にはいってきたのは、顔色のよいアイリーンだった。

手に小さな治療痕《ちりょうこん》こそあったものの、まったく元気な様子のアイリーンに、

「あれ？」

とリュウはとまどった。

「……二人とも、本当に『アレ』をやったんですか？　悪趣味だなあ……」

と、ヒースクリフがあきれた声をだした。見れば、ベッドサイドでワットとジゼルだけでなく、ドラゴまでもが「ククククク」と、声を殺して笑っていた。

「なんでオレが殴られなきゃいけないんだよ！　提案したのはヒースクリフだぜ!!」

リュウにボコボコにされ、空いたベッドに寝かされたワットがツバを飛ばして二人に抗議した。とどめの一撃を喰《く》らわせてワットをだまらせたリュウに、ヒースクリフは今回の事件の顚《てん》末《まつ》を語った。


「昔から【影】は人の弱い部分につけこむのを得意としていました。恐怖、妬み、ひがみ、憎しみ。ピント様は昔から、幼なじみのシャーロック様への劣等感に悩んでいたらしく、そこを【影】につけこまれたようですね。

オレとレオニダスが塔の最上階へたどりついた時には、戦いは終わっていました。シン様はピント様を連行し、シャーロック様はアイリーンを抱きあげ、保護されていました」

「つまり、オレのことは、ほったらかしだったってことか」

ふてくされるリュウを無視して、ヒースクリフは話をつづけた。

「まあ、最後まで聞いてください。あなたを助けたのはだれだと思いますか？」

「？」

まったく思いあたる名前がなく、首をかしげたリュウに、ヒースクリフがその名を教えた。

「レオニダスですよ。『借りをかえしただけ』だそうで、見舞《みま》いにはこないといってました。素直じゃないですからね。

そうそう、シャーロック様はリュウを【影】への生け贄にしたがっていたんですよね？」

「あんた……どこからその話！」

ジゼルの非難を、ヒースクリフはサラリとかわした。

「企業秘密です。話をもどして。シャーロック様ほどの魔法使いであれば、気絶しているリュウを石でもカエルにでも変える……あ、今、笑うところですよ？」

「いいから話をつづけろ」

即座に話をさえぎったリュウに、ヒースクリフは心の底から残念そうな顔をしてみせてから話をもどした。

「リュウを【影】の生け贄にするまたとない機会だったはずのに、それをしなかった。それってリュウを間接的に『助けた』ってことですよね？」

「ちょっと待て。器と生け贄ってどう違うんだ？」

混乱したリュウが、ヒースクリフに話の整理をもとめた。

「主導権の違いですね。器はきちんと魔法力をもって封印をコントロールすること。生け贄は、とりあえず【影】に与えておくだけの時間稼ぎです。生死は問われませんが」

「結局、今回のことは、結果として女王様にとってよかったのか？　悪かったのか？」

リュウの疑問に、ヒースクリフは首を横にふった。長い銀髪がゆれた。

「どちらともいえないでしょうね。【影】は日に日に力を増している。璽の封印がやぶられた分、女王様の負担は軽くなったかもしれませんが、それでアイリーンや我々が危険にさらされたことに、女王様はお心を痛めていらっしゃるだろう。

しかし今回、リュウが封印の器にならず、プラスのエネルギーで【影】の力を削いだ功績を、女王様はよろこんでいらっしゃるはずですよ」

ヒースクリフの推理を聞いたリュウは無言になった。

奇数の王様もいっていた。人には使命があると。民のために生きる女王様は、一つの封印がやぶられたことで、どれだけ自分を責めているだろうか。女王様の気持ちを考えたリュウの心が重くなった。

「少なくとも、今日の『感謝祭』が無事に開催されることを、リュウに感謝しているアルケーはたくさんいますよ」

ヒースクリフが医務室の窓を開けると、高い塔の窓の下で、キ・エルドら大勢の仲間たちが手をふっているのが見えた。リュウとアイリーンが窓から顔をだすと、その歓声は一際高くなった。

「我らが英雄に、仲間に、魔法使いの寮《マジシャンズ・ルーク》に、乾杯！」

キ・エルドの号令を合図に、アルカイクの一年をしめくくる感謝祭が始まった。

ジゼルの静止をふりきって、窓からオノカンバのボードに飛び乗ったリュウは、仲間たちとともに感謝祭の始まっているマーリン横丁に乱入した。


色とりどりの魔法の光が交錯《こうさく》する中、一糸乱れぬ行進を見せる戦士、派手な衣装で踊る恋人、人間界のハロウィンのように古代の魔女に扮《ふん》した魔法使い、それぞれの寮の出し物に、リュウは目を輝かせて楽しんだ。

この日に結婚式をあげるアルケーのカップルも何組かいた。

「キレイね、純白の花嫁さん！　白はこの世で一番幸せな色なんですって」

女の子らしく目を輝かせるアイリーンに、リュウがたずねた。

「じゃあなんで男の方は、真っ黒い服を着てるんだ？」

その会話を聞きとがめた新婦が、イスをふりかざしてリュウを追いかけてきた。

「ちょ、ちょっと待てよ！　なんでそんなもんで攻撃するんだよ!?」

「テーブルは重くて持ちあがらなかったからよ！」

逃げきったリュウは、ワットたちと肉専門店の「ペコペコ」で合流した。この日にかぎり、マーリン横丁の菓子も酒もすべてが無料だった。

革靴の底のような分厚いステーキ肉を注文したワットは、

「なんだこれ、切れねえぞ」

と、切れ味の悪いナイフとフォークに悪戦苦闘《くとう》していた。

「オレ、こいつより上等なのを」

そうリュウが注文したが、運ばれてきたステーキは、ワットのそれとまったく変わらないように見えた。

「なあ。オレ、こいつのより上等なメニューを注文したはずなんだけど」

と、ステーキを指さしたリュウに、店主のヨシノは胸をはって答えた。

「ええ、特上ですとも。特上には、どんなかたい肉でも切れる魔法のナイフをおつけしています」

店をでたリュウたちは、「いつまでもなくならないコットンキャンディ」という魔法のお菓子をほおばりながら、空飛ぶボードでスピードレースをしたり、インフィニティの魔法のレアカードを交換して楽しんだ。ドラゴもマーリン横丁各店の「感謝祭限定スイーツ」を心ゆくまで堪能していた。

城塞都市あげての感謝祭は、大人も子どもも老いも若きも、時がたつのも忘れて笑いあった。

リュウの姿を認めた「タベルナ」のエファハリストや「ムイッズ」のオサが、

「新しい英雄！」

「奇数の王様、万歳《ばんざい》！」

と、リュウのマーリン横丁への凱旋《がいせん》を拍手で祝ってくれた。

「サマーディ」のスイーツ大食い競争で優勝したイドが、マーリン横丁を仲間とかけぬける
リュウのうしろ姿に「フン」と鼻を鳴らした。

「弟子への最高の賛辞だね」

と茶化すペタニーは、宙に浮いた羊皮紙に、

うるわしき師弟愛が王国を救った

と、いつもの偽《にせ》記事を書いて、感謝祭の記事とともに新聞に寄稿《きこう》した。

「どうしてお前の文章は、いつもうさんくさいんだ」

と、イドはつぶやいて、大食い競争の審判《しんぱん》である店主のイチジュに、パフェのおかわりを注文

した。

　夜はふけて、星のない暗い空に銀色の月が天高くのぼった。

「さあ、フィナーレだぜ！」

　一日遊びたおしたのに、まったくつかれた様子のないキ・エルドが、魔法使いの寮の屋上に男子寮生《りょうせい》全員を集めた。見れば男子たちは、手に手に長い棒のような物をたくさん持っている。

「感謝祭最後の大イベントだ。今年は寮対抗のヴェイコーグ・パラケルススが無効試合になっちまったからな、ここで完全勝利を勝ちとるぞ。お前らわかってるよな!?　気合い入れていけえ!!」

　キ・エルドの号令と同時に、遠くから「ヒュルルルル～」となにかが飛んでくる音が聞こえた。リュウの足元に落下したロケット花火のような細い棒が、突然すさまじい音と光を放って爆発した。

「ば……爆竹!?」

　あわてふためくリュウに、すっかり人格の変わってしまったキ・エルドが怒鳴りつけた。

「なにやってんだ！　リュウ、ボヤボヤするな！　早く、戦士の寮《ウォーリアーズ・ルーク》と恋人の寮《ラヴァーズ・ルーク》に撃《う》ちこむんだよ!!　魔法使いの寮が人数では勝ってるんだ。今年こそあいつらの寮を丸焼けにしてやる！　撃て、撃て、撃て!!」

キ・エルドの声に、魔法使いの寮の男子寮生たちが爆竹花火に一斉点火した。戦士の寮と恋人の寮に着火したそれに、逃げまどう他寮の男子生徒の悲鳴が聞こえた。星のない夜空が、飛びかう爆竹花火の閃光で昼間のように明るくなった。

しかし魔法使いの寮の一斉攻撃に、敵もだまってはおらず、すかさず反撃にあった。

「あちっ！　熱《あち》いって!!」

新入生男子たちの悲鳴を、黄色い声援《せいえん》と「モンステラ」で消火をする女子の間をぬって、階下から両手いっぱいの爆竹花火をかかえたブルーおばさんが屋上にあがってきた。

「今年のヤドリギは元気ねえ」

「もしかして、ヤドリギって……」

リュウの疑問に、ブルーおばさんは我が子を自慢するように、巨体の胸をはった。

「もちろん感謝祭フィナーレの特攻隊《とっこうたい》長のことよ。六年前、入寮した時はあんなヒヨッ子だったキ・エルドが、あんなにたくましく、たのもしく成長して……。

さあ！　『増殖《ぞうしょく》の魔法』でいくらでも爆竹はふやせるわ！　あのエセ戦士と、サギ恋人に負けるんじゃないわよ!!」

「なんなんだよ！　せっかく生きて帰ってきたのに、今度こそ本当に死んじまう！」

そんなリュウの悲鳴を無視して、三寮対抗の爆竹合戦は一層はげしさを増した。

一時間後、爆竹のススで顔を真っ黒にしたキ・エルドが、夜空に拳をつきあげ勝利宣言をした。

「見ろ！　魔法使いの寮の優勝だ！」

寮のせまい屋上で、魔法使いたちの歓声がわき起こり、女子たちの「おめでとう！」という黄色い歓声も飛びかった。

水をさすようで気が引けたが、リュウは判定方法を知りたくなってキ・エルドにたずねた。

「どうやって優勝って決めるんだ？」

見れば、戦士の寮と恋人の寮も、花火を打ちあげてお祝いムードである。

「そんなもの、いったもん勝ちだ！　オレたちの寮が優勝だ!!」

キ・エルドのその言葉に、リュウはたまらず吹きだした。笑いだすととまらなくなって、リュウはキ・エルドやワット、ブルーおばさんたちと、腹をかかえて笑い転げた。


感謝祭翌日、アルカイクの卒業式と修了《しゅうりょう》式が同時に行われた。それぞれのインフィニティの重量が「正義の天秤《ザ・ジャッジメント》」ではかられ、学年ごとの成績優良者が発表された。

一学年のトップはヒースクリフだった。

ヒースクリフは成績優良者の特典として、金色の魔法カードをダグラス学院長から受けとった。それは「ロイヤルドラゴンの血」と書かれた超レアカードだった。

学院中から大歓声があがる中、ヒースクリフはなんのためらいも見せず、そのカードをレオニダスに渡した。

「あなたが持っていた方が、なにかと役にたつでしょう？」

「余計な世話だ」

そう悪態づきながらも、レオニダスはその金色の超レアカードをインフィニティに収納した。

修了記念として、リュウやワットら一般生徒にくばられたカードは「イツアムナー（勉強ができるようになる魔法）」のカードだった。

この日でアルカイクを卒業する八年生たちが、金古美の金具のついたローブを空へ放ると、それは一斉に翼のはえたペガサスに変わった。ペガサスの引く壮麗な馬車に乗って、大空へ舞う八年生たち。真っ白な羽が溶ける白い空へ、リュウたちはいつまでも手をふって、先輩たちの門出を見送った。

「人間界に帰らないといけないのか？」

「ああ、一回説明してこないとな。一年も留守《るす》にして心配かけてるだろうし。また来月な」

少しだけ暖かくなった晴れた桟橋《さんばし》で、大きなトランクを一つ持ったジーンズにスニーカー姿のリュウは黄金の双頭ドラゴンの首をなでながら、見送りにきたワット、ヒースクリフ、ジゼル、アイリーンにいった。

「ごめんなさい、お兄様はこられなくって……」

申しわけなさそうにリュウにあやまるアイリーンに、

「お前があやまることじゃねえって。それに、あいつが見送りなんて似あわないことをしたら、金色のドラゴンがビックリして銀色になっちまう」

と、リュウが冗談をいうと、はなれた茂みからクシャミの音が聞こえた。

それに気づいていないふりをしたリュウは、パーカーのフードの中のドラゴを確認し、金色のドラゴンに乗ろうとした。その時、桟橋を覆いつくした強大な魔法力に全員が身がまえた。

「なんだ!?　【影】の残党か!?」

ワットが叫ぶと、ヒースクリフが即座に否定した。

「違う、この温かくて神々しい魔法力は……、王様！　女王様！」

すると、湖面の上空に二人の幻影が浮かびあがった。「幻影の森」で見せられた偽物ではない。正真正銘、リュウが王国にきた日に助けてくれた優しい王様と、一度だけ授業で見たことがある、体の弱そうな美しい女王様だった。王様に会ったのはもう一年近く前になるが、リュウはあの日の出来事を、昨日のことのように鮮明《せんめい》におぼえていた。

「オレー！　王様みたいな男に絶対なりますからー！　立派な王様になりますからー！　待っていてくださーい!!」

リュウが顔に手をあてて、これ以上ないほどの大きな声で二人の幻影に叫ぶと、二人のうれしそうなほほえみは、霧の中に消えた。

「じゃーなー！　また春に会おうぜ!!」

黄金の双頭ドラゴンは、地面を力一杯蹴ると、東を目ざして雲の中に消えた。リュウの視界に島の形そのままの地平線が広がり、西日が海にとけてオレンジに輝いていた。ところどころうすくなった雲の切れ間から、コバルトブルーの海がかすんで見えた。

「あー、帰ってきた！」

仙酔島にもどったリュウを迎えたのは、フライがえしを手に持ったエプロン姿のマユミだっ

た。マユミはまるで、下校時間で帰ってきたリュウを迎える時のような声で、

「おかえりー」

といった。

「……あのさー、オレ、一年も留守にしてたんだぜ？　心配とかなかったのかよ」

というリュウに、夕食の支度に追われるマユミがいった。

「おじいちゃんから聞いたわよ！　なんでもあんた、ケンカの腕《うで》っ節《ぷし》を見こまれて、外国の特殊部隊養成学校にスカウトされたんですって？　外人さんが迎えにきてたって島のみんなもいってたし。あんたのバカ力《ぢから》がいかせる場所があって、よかったじゃない」

——特殊部隊養成学校ってなんだよ——

そのセンスのない説明に、シンの筋肉隆々の肉体と、意外に雑なリガーの性格を思いだしたリュウは、

「……まあ、間違ってはいないよな」

と、自分を納得させた。

マユミに細かい話を説明するのも面倒だったリュウは、畳の間にドシッと腰をおろすと、

「なー、マユミ。メシまだー？」

と、台所に声をかけた。その声に返事をしたのはマユミではなく、一年前よりさらに髪のうす

くなっていた下谷老人だった。

「おかえりなさい、リュウ」

元型王国のことを散々おとぎ話とバカにしていた自分が照れくさくて、下谷老人から目をそむけたリュウに、老人は一年前と同じ、重々しい口調でつげた。

「なぜ、私の話を聞かずに旅立ったのですか。十一年間、あなたに隠しつづけていましたが、あの元型王国には、あなたの両親がいるのです」

あまりに突拍子もない話の展開に、下谷老人にむきなおったリュウが、長くのびた前髪の下で静かにいった。

「……あのな、ジジイ?」

「はい、なんですか? リュウ」

リュウの頭の血管が、おくれてブチッと切れる音がした。

「そういう大事なことは、さっさといえよ!!」

一年ぶりの人間界の料理は、王国の料理と比べて味が濃すぎると感じたが、それでも胃袋に腹いっぱいつめこんだリュウは、板間にゴロリと寝転んだ。そのふくれた腹の上に、ドラゴもちょこんと乗ってくつろいだ。

元型王国でのさまざまな思い出が、リュウの頭をよぎった。

八人の元型（嫌なヤツ一名、煮ても焼いても煎《い》っても茹《ゆ》でても食えないヤツ一名）。

最強の師匠。

寮の先輩や、たくさんの仲間や、その家族。

おもしろい授業に、おかしな教授に、変な店。

インフィニティにおさめられた魔法のカード。

夢中になって戦ったヴェイコーグ・パラケルスス。

そして【影】――。


東の風が吹くころ、満開の桜の中を、あの金色のドラゴンが迎えにくるだろう。

次に王国におとずれる時は二年生になるだけでなく、新しい「探しもの」が見つかった。

ワットやヒースクリフとパーティを組んで両親探しをするもよし、あの目つきの悪いレオニダスをまきこんでやるのも悪くない。

リュウは板間の丸窓を見あげた。空に銀色の月が輝いていた。

Special Thanks

Rina Matsushita, Yoppy

Yukihiko Sato, Hiroshi Sakamoto, Ken Morita, Kimika Sakaguchi, Yuji Nishiyama, Joe Masuda, Kenichi Ohishi, Tomomitsu Fueki, Tadanobu Igimi, Horikoshi Kazuhisa, Eiko Sakata, Jo Matsui, Mamoru Shimotani, Yasuo Suzuki, Yuka Suzuki, Erina Nishikawa, Shinichi Iwaki, Fumiko Takahashi, Ryuta Fujita, Miwako Fujita, Yasushi Matsui, James Bond, Yasuhiro Kawagoe, Asami Kawagoe, Mikiko Nakajima, Takehiro Ueno, Yuko Saegusa, Toshihiro Nakamura, Masatsune Namekawa, Atsushi Kodama, Takehito Yoshida, Satsuki Tsuchiya, Mitsuki Tsuchiya, Fisu Che, Michiko Nakamura, Takayasu Nakamura, Takayuki Tamura, Takeaki Harada, Masaaki Kounishi, Shigeki Hirata, Kayo Yoshida, Takeshi Sukegawa, Kumiko Ishioka, Hiroaki Okubayashi, Takaaki Goda, Naoki Kondo, Rino Fujii, Shigeki Hirata, Kazuya Ichishima, Tetsuya Senda, Maki Fujimura, Yuya Kameyama, Hassan Ono, Artist Takashi Oda, Fujiko Noborikawa, Yasuo Kodaka, Hideaki Arai, Mari Sato, Yuma Sakamoto, Misaki Sakamoto, Chika Takeshima, Yuuki Yasuda, Mamoru Kuwahara, Simosawa.com, Shuntaro Yamaguchi, Naoki Kogure, Kosei Sakuma, Iroha Sakuma, Ayano Sakuma, Misako Tamura, Miduki Kato, Mitsuteru Hashiguchi, Taku Miyahara, Naomi Haba, Tomohisa Inada, Atsuhiro Nishimura, Akiko Okuda, Shota Kanemoto, Akane Kawakita, Rie Ito, Mizuho Shibuya, Tomoyuki Uchida, Emiko Tajiri, Kojima Kanami, Mitsuo Kawahara, Kanako Tanaka, Misato Asai, Seiji Kusaka, Marie Imajo, Kana Kai, Risa Izumi, Shiho Akane, Subaru Watanabe, Yuta Nonaka, Nobue Irisawa, Manabu Suzuki, Ikuko Suzuki, Ikuko Otsuka, Yodai Motoki, Asuka Tarumi, Yurika Mori, Masakiyo Okazaki, Yasuo Anbe, Tsuyoshi Ikarashi, Tetsuo Watanabe, Mari Miyakoshi, Saeko Yoshida, Michiko Fujino, Yoshihiko Ozaki, Chiyo Ozaki, Akemi Yamada, Go Tyann, Kumiko Aoyagi, Masahiko Tsuji, Eco Plan Company, Chika Murakami, Yuki Iwasaki, Miki Inaho Sjoberg, Miyahara Taku, Akari Otani, Shigeki Nakaoka, Norihiro Nakatani, Kayo Takeda, Akiko Kurashige, Toshie Ota, M Inji Kim, Kazumi Horiguchi, Kazuya Miyamura, Kenjiro Nakamura, Masashi Nakamura, Naoki Hama, Kota Akanuma, Hiroyuki Matsumoto, Emiko Tayama, Michi Shikata, Fumi Kikuchi, Tadahiko Fukue, Tsuyako Fukue, Megumi Tsuyaki, Satoshi Fukue, Misako Akimoto, Takahisa Kudo, Tomoko Tawata, Shinsuke Takeuchi, Yuichi Takemoto, Kazue Takemoto, Rika Okui, Manami Fukuta, Masafumi Kinjo, Miwa Kinjo, Touma Sasaki, Shinichi Akagawa, Daitaro Imamura, Konatsu Imamura, Hanano Imamura, Ayumi Tago,

Kenta Michigami, Kazumi Horiguchi, Satoshi Takata, Yuko Kanzaki, Kota Sato, Miki Sato, Michiyo Kitagawa, Miki Fujiwara, Kentaro Ando, Yuri Inukai, Haruka Inukai, Keigo Inukai, Yuu Inukai, Kae Koitabashi, Miyuki Ota, Yoshie Hughes, Yuto Kamiya, Noriko Kamiya, Tetsuya Sugawa, Satoru Yanagisawa, Yohei Watabe, Kaoru Sekine, Mochihiro Terai, Asami Okudera, Mamoru Yanagi, Chihiro Yanagi, Yuko Yabu, Yasunori Ota, Hisayo Ota, Nozomi Ota, Kizuna Ota, Satsuki Ota, Kazuya Terao, Makoto Sasaki, Nao Kusamitsu, Iku Kusaka, Tamayo Neuman, Manabu Fukue, Masae Fukue, Ayaka Fukue, Rie Fukue, Tomoko Furukawa, Akiko Inokuma, Ai Iino, Naomi Iino, Ishiguro Tatsuya, Takanobu Miyamura, Hirosumi Matsumoto, Yasuyo Hayashi, Yumi Iwasaki, Midori Kasahara, Akito Shirakawa, Kyoko Kurihara, Junko Yamamoto, Red, Yoshie Takamatsu, Kumiko Ohkanda, Daijiro Keyaki, Tomoko Sasagawa, Hisayoshi Takeda, Taishi Yanase, Yumi Ogawa, Kazuo Okamoto, Kyoko Uchida, Rina Sakata
Kazuya, Mayumi, Etsuko, Minoru

TEACHERS
Roice N Krueger
Shinichi Tsurumi, Hisayoshi Tamai, Shoji Izawa, Keiko Izawa, Minoru Okamoto, Katsunari Iwaki

COMMUNITIES
Live! Give! Shine!, team2000LEGEND@Kumamoto, Barairo-no-kusari, Ippin-an, Kaneyama-town, Nagata Elementary School Sixth graders, VOXJAPAN STUDIO, Archetype & Leadership review society, Team adventure of Archetypes

And more, and you . . .

*

Staff

Map: Takeshi Amano and dice
Makeup: Haruyo Umeda
Hair: Yuta Kusamitsu
Photo: Takuho Abe
Coordination: Atsushi Ogawara

久坂七夕（くさか しちせき）

埼玉県草加市出身、祖は長州久坂家につながる。事件記者、コピーライター、芸能マネージャー、偏差値を 30 上げる進学塾講師、運行管理者など、数多くの職業を経験。

車椅子生活、ガンでの余命宣告、事件被害者になったことを機に、幼少時から学んでいた比較神話学や、元型心理学を学び直す。その後障害を克服し、現在は毎年 100 km マラソンに出場。東日本大震災、熊本地震などのボランティア活動にも参加している。

自身が学んだ知識と障害克服の経験をもとに、「夢の叶え方」「人は変わる、人は変われる」をテーマに、全国で講演を行う。

元型物語《げんけいものがたり》 リュウと魔法《まほう》の王国《おうこく》

2016 年 9 月 18 日　初版発行

著　者　久坂七夕

発行者　五郎誠司

発行所　株式会社 出版館ブック・クラブ
〒 170-0013　東京都豊島区東池袋 3−15−5
TEL: 03−6907−1968　FAX: 03−6907−1969

装丁　dice

企画　DreamMaker

印刷・製本　モリモト印刷株式会社

ISBN978-4-915884-71-9　C8093　　Printed in Japan

乱丁、落丁本はお取り替えいたします